詩海星光

海星詩刊選集

莫云 主編

詩社・詩刊・詩選

★向明

詩社、詩刊、詩選這三者雖說出生有先後，但其構成實是三位一體的，有什麼樣的詩社就會辦出什麼樣的詩刊，最後才會編出什麼樣的詩選。這和什麼樣的球根開出什麼樣的花，結出什麼樣的果，以及俗諺所云：「好竹出好筍，好爸生好囝。」緣自遺傳基因決定的同一道理。

台灣詩社和詩刊多如雨後春筍，有的高齡達一甲子以上，有的現正中壯，更有尚在嬰啼，都各自憑著各自創社理想在經營壯大自己所辦詩刊，做出各自詩學的成績。台灣詩壇的興盛發光，讓兩岸三地的詩友同好敬佩羨慕，實由於各詩社在互相競爭較勁下的努力結果。

任何存在的生物，和凡有呼吸的個體，其能存在發展都有其獨特的個性和特點，否則就無法顯出其能出類拔萃、卓然不群的獨特精神。早年台灣三大詩社「現代詩」、「藍星」、「創世紀」之所以能風雲一時，永遠保有其光亮，蓋因他們的風格內容涇渭分明，各擁有一群精英詩人在創作不同風格的詩。三大詩社一直在作詩學競爭，詩必須是競爭下的戰利品，凡保守、躊躇和不思追求創意者，雖存在亦等於空無。

「海星詩社」可說是一新崛起的詩社，自二〇一一年九月創刊至今也不過六年的時間，也才出刊二十四期。詩刊的命名往往都極為通俗，多半都在名稱上顯出那本詩刊成立的期許與抱負或使命。獨有「海星」的命名非常特殊，很難想像一種海底生物會與詩扯上關係，而且海星的存在並不十分普遍。直至細心的查考，才在詩刊的封底找到「一則有關海星的故事」，看出命名的端倪。這則故事是從「心靈雞湯／Chicken Soup for the Soul」這本勵志文摘中找出來的，大意是說，有一個人在黃昏的海邊散步，發現有人往海裡不斷丟東西，他走近一看，那人丟的是一隻隻被海水沖上岸的海星，他好奇的問為什麼要這樣做，這麼多成千的海星你丟得完嗎？那人說：「那些沖上岸來的海星會因缺氧而死掉，我雖無能把這些生物全丟回海裡去，但是我知道，我丟回一隻就可改變這隻海星的命運。」看到這樣充滿寓意的故事，因此知道「海星」的兩位創辦人莫云女士和辛勤先生，他們的創辦「海星」，理想與抱負是多麼的不同凡響，可以說是懷抱著保護並拯救詩這塊文學寶地的重責大任在辦「海星」，這也暗示著他們對詩刊選稿的一個期許和方向。當今詩人之多，真如沖上岸來的海星一樣茂密，但他們也只能擇其優者選用，因為這關乎著這位被選用作者一生的詩運，也顯出「海星」是本著「優質而多元化」的創刊理念，而墾植出這麼一片花團錦繡、鳥語笙簧的詩文學花圃。

而今即將要出版的這本「海星詩選」，可說是海星詩刊六年來詩創作的總成績，也是準備面對大眾詩愛好者的一次大挑戰，因為這些已刊出過的作品已成為一種公共財，必須接受來自十方詩信眾的品頭論足，得到他們的喜愛或批評。海星詩刊一向每期有「主題徵詩」這個主欄目，這更是詩創作的競技場，各方好手雲集，針對專題各擅勝場。這本詩選的另一最大特色即是年長或久已成名詩人的大退場，無論兩岸三地甚至歐美東南亞各地入選的詩人都是以青壯詩人上陣，不再迷信只有名家大師才能有好作品。新詩百年的新氣象，可在這本「海星詩選」上看出一小塊閃亮的曙光。

一本詩選這麼夯的站在這裡，就一個創作者旁觀的立場，我應為「海星」做出盛大貢獻的兩位負責人就我所知透露一點他們的私祕。負責整體編務的莫云女士係我國文壇宿耆早年台大中文系教授臺靜農老師的最後及門弟子，詩學根柢得自臺老師的親授真傳，極為深厚，創作評論無一不精湛獨到。擔任詩刊發行人的辛勤先生本為一資深詩人，專攻精鍊小巧的短詩，他本是跆拳道高手，及長距離游泳健將。他們都曾在詩壇歷練多年，熟悉詩壇生態，及一切詩出版發行鉅細事務。此次「海星詩選」的出版，工程浩大、瑣事繁細，他們兩人合作處理一切事務，無任何外援幫手。為求完美，他們決定先將詩刊作暫時性休刊，全力完成這本階段性的詩選出版。「海星」一直義務性的寄贈全台灣及全大陸省市各大圖書館，「海星詩選」亦復如是，要讓全球的華文詩界都共享詩的光榮。

二〇一七年七月十八日

〔目次〕

海外詩選

海星詩選

——太陽底下，永遠有新鮮的詩

過境

★十畝

語言結冰的人
把頭低下去
讓目光滴水

他待在時間的吸煙室中
傷害文字的肺

他聽過一些泥濘的國家
強徵寂寞的稅

他今晚要協助自己
走入跟自己約好的
推遲的表演

美麗的樂段
——致貝多芬

★也思

這一天
關於河
過耳洄漩的草葉潺潺
悲傷投河的水精
復活拾起豎琴
甜美動人地撥唱起來
潮間帶長長的影子
直到日落許久方罷

喜悅如雨後薄霧蒸升
而且只在眠夢中
並不是為了感動
從火爐中撞擊出靈魂

聽任鯨魚高音頻
與倍低音鳥鳴重唱
搖著小鈴鐺
壓倒性的藝術前進絕技
想喊出喜悅的徒勞
以毀滅來抵抗毀滅

最後，那條堅牢的隧洞手叩著我
帶來慰藉的過門
不捨離去
穿風
以禱念替代詩句、雕塑
地靈與欲望交疊
突穿地表的蓋覆
「你的旨意將被完成！」
回返微光起點
看見了結網的音樂
顫抖的星光如雨河奔下

遇見一樹風鈴

你如果在底下沉思
準是會被風兒擊中
你若是怕噪音
祂翩翩是寂靜的小寺鐘
一傘的鵝黃團扇
張狂的靦腆
祂在冥想
而你拋出飛吻吹拂祂的髮簇
祂在波浪鼓顫搖
而你拜倒在裙舞下的深濃花蔭
祂並不是冰山美人
你也無須如高士般拈鬚吟哦川雲

＊三月天，春之八掌溪畔「黃金風鈴木」。

背光

★子尋

晚安
世界就此失去音信
睡醒之後
枕頭和髮際都是雨

我將站成一株仙人掌
讓過多的水分
淹沒記憶的土壤，腐爛
柔軟的心臟

陽光的陰影越來越長
我拚命旋轉，旋轉
終於枯竭
在向陽的那一半

鏡裡二三

★方良

知之者不如好之者
好之者不如樂之者
（論語・雍也篇）

臉上表情是歲月的告白
官能反射了眼神的無奈
天天面對　猶未肯定自己
你是誰　如何尋找不同的你
青春到髮蒼之間
誰和誰　和誰　織入眉際
自縐摺的緣索
尋找所謂有感的邏輯

告白透徹　表裡如一
鏡如星空　神韻有致
卻不知如何捕捉閃爍的命運
是否站在鏡子背後
閉目入定　才能面對自己

然而鏡裡二三
竟然無一知己

咖啡館拼圖

★方明

將生命的無奈拌攪在杯中的
黑海　憂悒的午后
隨著香頌的韻調讓手裡的湯匙
微顫著相同的節奏
呷一口塵世的炎涼
聆聽旁鄰愛情之困倦
氤氳裡瀰溢著存在的湛濁
歲月從我們的茫然無知開啟
然而航渡的坐標愈遠愈枯燥難耐

曾經熟稔的體味　某場所相識的
空氣　重疊在記憶的匣子裡閃掠
此刻，跳躍的時空最騷動

或想尋覓另一次傷痕的邂逅
讓宿淚淌滴在苦澀的杯緣

當歸鳥啄喉初昇的月華
這裡爬滿慾念的顧盼
不安的孤寂開始魯莽
猙獰互扯襤褸的慰藉
只有隅角詩人的目光接銜著
似禪似佛的失去
樂土

解憂三味

★方群

馬祖老酒

難以回味的陳年
以記憶的糯米堆積
那些融入眼底的風雲

青島啤酒

以輕薄的鋁罐
偷渡海峽的金黃氣泡
今天，陽光清淡

東湧大麴

一把鋼刀
筆直切開嘴巴喉嚨胃腸及呼吸
瞬間，燃燒

早冬過北京香山尋紅葉不遇

凋落了我的想像，這一夜
那些靄靄飄降的意象
迴盪滿山飄零的隱密絮語

不能書寫的思念在陌生的下視丘等待萌芽
穿過霧霾隱沒的虛無天際線
渲染扉頁裡我凍結的氣味

盲人是善於等待的

★方聲

浪子說婦人是善等待的？
然後只留下西瓜寮邊一畦波斯菊
在一棵開花的樹上掛起風燈後離去
亮起了由北到南詩人這行業
還有由近而遠的達達馬蹄聲

其實，盲人才是善於等待的
每晚在井邊包一片月光回家
夾在光之書裡給入睡前的寶寶
然後在窗下等一路超現實的葉笛響起
好追趕夢中雪國夜奔的林沖
等百葉窗被陽光拉成下樓的梯子
就能牽著詩冊上的長頸鹿到防風林外
瞧瞧防風林外還有波的羅列

詩人真的是善於等待的
摸著釀酒的石頭過無岸之河之必要
而與永恒拔河之後等待才是最後的必要

告白

★王怡仁

風　因為你而　動
雲　因為你而　飄
雨後……
一條虹
從我的心中升起
（不必解釋——那些反射、折射——於你我
是必然，眾人卻覺得莫名其妙……）
冬雷震顫，將我的感官變得
脆弱不堪……。這曠渺的天地之間
惟有不眠的我　得以眺見你
蜿蜒過大雪封凍的　山徑
向我走來——向我

燃著煖煖篝火的谷地，來了！

來了……
當我對你放下
——吊
　　橋——
　　　我就不再是
　　　　一座
　　　孤島

（這一些，春天不需要知道——
我豢養百鳥的歌聲，等你來打開籠子釋放
還有一屋子的兔毫陪你度過一百年的冬天……）

占卜

★古月

絕望從來不是一個形狀
它是眼淚裡倒出的月光
索居在天空的夾層
彈奏每一朵雲路過的流殤

那是群星無法關掉的七弦琴
銀河以水聲收留它的弦音
鵲橋不是它的岸
它只能耕作在荒涼的兩鬢

如果有一縷白煙前來紡織
可以拆下自己的巫術
它願意成為時間的碎片
讓遠古的痛無法將自己括弧描述

身體裡走失的骨
已回到五百年前占卜
擲出的反面
是否已長出你走過的那棵樹

漂流木

一生都在雕刻水紋的傷痕
胸口裝滿沿岸落花的哭聲
浮沉是我的姓氏
聲聲慢是我搖晃的江湖

我的去處
只有一雙皺紋的手
在遠方邀請我

不寫詩的日子

★白豐源

有些時候，情緒
難以杵著過去行走
斑馬線奔馳著蒼白的午後
使背影成為扶起日子的拐杖
我們隻身穿越城市的冷漠
像路過一條流動且築起藩籬的牆
街燈無法成為夜晚的羅列
為誠實的作息所奴役

我們慣於沉默
不輕易對季節表露任何
過季與過膩的思念
就算日曆與指針相互輪替
準確的嵌入情緒

詩海星光　38

擱置了令人抽搐的傍晚
我們依然是數著自己傷痛而
不輕易入睡的羊
把寂寞倒在擁擠的單人床
翻身時豢養一點遐想

總有些時候我們難以啟齒
像枯瘦的衣架總是不懂
為何整晚都晾著濕冷的心事
在寒風中擺盪幾滴落下的情緒
是幾道難以辨明來去的水痕
等待白天將乾燥還給嘴唇
將皺褶從日子的縫隙中取下
截一行詩送給昨天

消音的午後

★右京

言語被湖水吸納
人生仍不斷航行
划開漣漣剝蝕的回憶
酩酊於厚重
不可轉述的渟涥

偶有白鳥掠過江心
再也銜不起任何願景

種子

★向明

從未說
要到那兒去
風卻拉著輕飄飄的我
不放

他說
作為一顆種子
命定飄泊
飛到那兒
都一樣

而且，最後
不過都疲倦得
想落土為安

我之過

我放走了很多生靈
一怒之下揮出的鈍劍
往往沒有斬首到萬惡
卻嚇跑了膽小的聖人
我的魯莽助長他們的威風

我姑息了不少無賴
每首詩都寫得那麼懦弱
疲軟得像在歌唱催眠
他們像灌足了迷湯的刺蝟
無賴反被鼓噪成權力大亨

我養活出大批痴肥臃腫
渾身的精氣神都給了他們
任其橫衝直撞儼然成精

頤指氣使的站在我們頭上
反要我們像正氣消失於無形

低音大提琴

★曲雁樓

德弗札克的沉默適合慢板
波希米亞的情懷始終說不出口
化身西西弗斯
扛負一隻緊繃的琴弓
與鋼琴配對
琴箱的情緒
沈澱下來
以柴可夫斯基洛可可式的美姿
摘下串串美麗音符
卡農一首安魂曲
陪妳獨處

無理性拼貼的達利夢境
出現在艾爾加撥奏的跳弓中

詩海星光　44

妳成一只無槳小舟
遊蕩無情荒地有情天
十指陷入琴殤
內心忘卻扯拉的痛苦
胸腔慢慢開裂
靈魂逃逸
向自己道別……

抵達之謎

——前往戀人途中

★沈眠

晃走的玻璃裡凝視你另一個未來
眉目擁有速度，春風纏繞
狹小的空間你跟思慕共同搖擺
所有蒸發又復還的時光
那些溫熱的刻度緊密地填滿胸腔
心之深處，記憶對愛情翻譯得如許洶湧

構思她的筆法有關南方
及此後每一輪盛夏，千山萬水皆折返
你的瞳仁閃現龐大星辰
掌心匯聚各種細節的狙擊
渴望座椅加速，世界即刻躍遷

窗外遠方她繁花的表情這般超越
煙雲撩亂，神偉的燃燒
你屬於美學的流淚，美學的飢餓

冷卻

剛剛完成的炸裂
還濕濕熱熱的
可是不能再忿怒更多了

他走進人群裡
許許多多的心思停擺
只有焚燒被允諾

而他那樣
清晰地行走著
身上沒有一點餘燼

他坐在當下
品嚐體內由來已久的飢餓
並隱隱約約察覺

沒有一點光亮
可以再度甦醒回來

背山

——致詩人余光中先生

★秀實

想像一個背影瘦小，踽踽行於西子灣畔
金烏歙翅，喧鬧的都將息止在海平線之下
守夜的燈點亮，世界便還原為真實的面貌
那一線的渺渺無邊後，便即渾濁與動盪的煙火

你的詩是沉默的存在，不柔不剛
任天崩地裂不曾變改一絲顏色
殿堂的門已然打開，有你緩緩吟誦著的天籟
而那叫落日的，又從東方神祇間轟然升起

背山沉吟，有類於遺世而獨立
高雄是一座城，也標示著一個峰頂

無詬無譽的國度在欄柵之中
因為所有的恆久都是空澄於內而紛擾於外

這樣洶湧的夜

★李長青

當電動車窗
緩緩上升，外面的世界
就真真實實成為
外面的世界了

電台音樂盈盈流動
車廂內這樣洶湧的
夜，女孩們
妳們可曾知道
每一個駕車的男子
都踩著
這樣寂寞的踏板

街燈如水
夜裡的車潮何其洶湧

這樣洶湧的夜
外面的世界就真真實實
成為了
妳離去的樣子

雲起南方

因此，這裡
就是翅膀羽喙們的巢
與穴

東有晴西有雨
北風有溫柔的世情
南方，雲起

＊二〇一四觀「舞想心影：柯錫杰攝影作品展」有感。

破碎

★李蘋芬

如何能夠覓索
你體膚親近過的每一個片刻
你留下顫音如此夢幻
目光如星
在非常，非常遙遠的地方
如何我找到了它

世界不如我以為的那樣
善於變幻
彷彿一切都按你掌中紋脈預測
一座橋平穩地，平穩
在我眼底展開
橋墩是你軀幹筆直
纍纍落石，旱季來時我亦不流血

願河水漲及你的腰，你的頸
你目光

我仍舊找到了
一座落魄的小鎮
深深覆著你目光如霧
一個詩人予我悲喜的權利
那屬於自私和愚昧的權利
我因此擁有
完整釉燒的身體

而時間——
破碎得如此完整

足印

★李泓泊

欲眠的字一個個從這世上隱遯
夢境的餘溫使我成了一株失群的樹
任由這場探路的雨與我不期而遇
街上飄浴一絲閑寂的香氣
可惜，負傷的眼神仍未獲得祂們全然信任
只好又從手中默然棄守一個季節

無妨

那幾隻誤闖我夢境的飛禽
如今也正撥冗幫忙孵育那些偽善的謊言

折射

★李鄢伊

我筆下的世界被拉出長長的影子
那頭鯨魚沿緯度而來
輕盈地停駐在
這片大陸微笑的海灣
魔幻時刻
噴發出一片彩虹水幕
在折射的幻象裡　妳的眼睛如此美麗
一如往昔

咖啡詞話

★李昆妙

在這個被倒裝被誇飾的午后
我們摹擬修辭
想像自己
是白色馬克杯裡
黑色的話題

往往是濾包一般開啟
溫厚香氛裡埋藏的那一句設問
優雅一似中產階級
虹吸式乃是下午茶的禮儀
懂得打扮也擅於交際
如何轉化真象是有閒人的專利
如果願意　研磨時間為一顆膠囊
你的思鑲嵌我的想　我的言會映襯你的語

其實　更多時候
即溶已足夠表達
簡單的譬喻　我是那杯飽含七情六慾的
拿鐵三合一

主義

他的左派站到影子右邊
扣我的躁鬱症：下個標點
推的敲的是哪一個你？

儒林

我的冊頁不眠
埋在范進的夢裡
深深不醒

海邊之夜

★李秀鑾

停佇海與月亮的聲音
收集天空給生命的季節
暗潮解衣
塵囂鬆手退到腳跟

黑暗的紗衣
由潮聲洗刷著
再不必以走私隱藏自己
沙灘摘著星星
風自在的嘻戲
拉起浪覆蓋自己

我是風
是海
是裸體的顏色
被穿越的

是歌聲
是翅膀
是句點
在時間的身體
溶化了
聽，海、夜、星光交談著
月圓圓的

入寺

★辛勤

入寺前
請留下多餘的聲音
交給迎賓的鳥語蟲鳴
這滿山寂靜
正等著老和尚午後誦經（註）
大殿裡
三尊如來垂目端座
暗暗手語
笑看
跪落一地尚未成就的菩提
風雨來　塵土去
香爐依舊燃著東土的法喜
晚風徐徐
吹過慈航的古今

＊註：開基老和尚及再傳住持時已先後圓寂。

小詩三首

心事

歲月燃燒過的每段往事
留在記憶的爐中　不斷
冒煙　餘燼裡
灼燙的傷口
不住地抽痛
淚液無法熄冷
堆疊太多的曾經
扶著一窗星月
說給風聽……

塑膠花

披戴一身華麗
枯坐在
四季的門外
看蜂蝶翩飛旋舞　暗自
感傷
身世迷離

傾聽

傾聽一夜
壁畫裡溪流的水聲
海的呼喊
隱約自前世輪迴的盡頭
折返
搖醒寒夜失溫的冷顫

追問三疊

★吳翔逸

一、問落葉

砂岩，任思念風化
地上成堆流浪的腐葉
都是千千萬萬載
痴痴苦候的傷心

二、問郵件

滔滔江河
只能巴望著一個個背影
速寫輪廓

將無名思念投入郵筒
任郵差擅自發送、轉譯
作一名孤單角色的旁白者

三、問蒼天

輕巧掠過受傷的屋脊
不驚擾守衛的士兵
地圖上標示紅色區域
警戒多情

狩獵者還不忍展開殺戮
驟然他踮起腳尖
將獵物看盡眼中，捨下弓箭
拾起麥草餵養飢餓的戀人

我還不需要殺戮
草卻無意割傷了我的紀念

鋼琴

用指尖細細打量身體的
每一處肌膚——
皎然落地的照人潔白
輕靈彈跳的醉人黑麥

如細羽拂過散場的街景
在琴桌上隨著來回節拍
拭過沙泥，乾淨思慮
將長長的音律
緩緩泡成溫潤的香茗

選民

★吳昌崙

牠們是晝伏夜出一族
對於陽光下一切真相
習於視而不見
每當夜幕低垂，不發一語
蹲踞在電視機前
瞪大眼珠試圖搜捕
名嘴口中發人深思的
隻字片語，關於從未
實現的選賢與能

時常被炫惑的霓虹燈
和淑世口號所吸引，攏聚
空頭支票紛飛的政見會台下
秋風不斷撩撥原生叢林

枝與葉跟隨流言搖旗吶喊
鴞羽逐漸群分類聚
翹首引領各自的救世主
離巢鴟爪苦無棲身立場
想方設法蛻變成青鳥
只有幼雛身上還看得見
黑白分明的是非

匿名

★吳緯婷

不小心揮手送別
看你踏進前往遠方的船
我走入黑暗的房間

夢中隱約有汽笛撲來
推翻一個又一個
寧靜的海面

固定逆行的航線
閃避所有
你生活的碎片

關掉晚安
關掉火的蔓延
關掉脆弱的語言

讓我們躲避更多
檢查者的警戒
抵達最近的距離，那個
匿名的終點

夜合歡

★杜泠

誤植入幽暗的青春
將根緊緊抓住夢的沃土

自從鳥聲咬破暝色
銜來一粒青果子
兜售年少的浪漫

被驚醒的夜，立刻
遍開一株株徹底的粉紅

曇花 EPIPHYLLUM（雙語詩）

★非馬

知道
這短短的一瞬
就是整整的一生
她因此決定
要舒緩再舒緩
從容更從容
把每一秒
都綻放成
永——恆——

knowing
this short moment
is her entire life
she opens each petal
at a deliberate pace
and blooms every second
into
eternity

曬衣

★牧野

望進井口的一抹糖絲雲
是鬢角不經意出走的寂寞
將青春挽進摺起的袖
女人
纖指玉腕
拈起男人裹著西風的背影
晾進晚秋
　一拎
一抖
兩端牽掛
命定的長繩
垂著重重幸福的假象

回憶
擺盪
搖晃
過往
徒留
曝曬後
微皺的荒唐
乾巴巴的愛情
失重的
心傷

那年冬夜

★林明理

你的憂懼巨大
而蜷伏
我的恰似
月下草上失足的孤星

生命
正從身邊溜過
什麼時候我重生
哪裡是我夢中的雲影

我們的記憶
是淺鑄的
一面
淚鏡

風滾草

在飄泊中
在大風裡
我看到一條寂寞的
河流
推醒流沙
穿過半折裂的樹
一叢風滾草
像朝聖者般
呼喊
聲音隱祕又低沉
閃光吐焰之處 不斷
傳來草原鳴啼的歌聲

冰與火

★林宇軒

必須和其他鳥族一起離開北國
學習哭泣唱歌與悲傷
拍翅是眨眼
開口是記錄溫度

為了平衡自己
註定要失去幾根羽毛
在與自己告別前
必須熟悉墜落，知道
土地的相反不是天空
愛的相反不是恨

黑暗都哺育給下個形態了
冬日在光裡迷航
我們靠著彼此的喙
等待冰封的殼解凍，等待燭火
越燒越冷

北斗

★林柏維

我在夜空汲水
撈到一籃星子
最亮的那顆北極星
忘了方向
忘了愛情怎麼寫

回眸暗笑
兩顆瀅漉星子
黯淡無光，心
流到星河也忘了閃爍

執迷不霧

★林姿伶

愛情學會湖鷗滑行，滑進窗前
脈脈　投入
一封裝滿星星的信

偷偷打開，不敢把星倒出來
只悄然把星標本成一首短詩
詩眼藏不住水氣
整行詩瀰漫著濃濃詩霧
霧了你　也霧了我

閱聽愛
像三月春光翻譯出淚珠
原來是一行執迷不霧的獨行詩

如歌行板的戲曲

★林清陽

輪迴千年的故事
宛如華麗跳躍的詞藻
串成了典雅的劇情
用盡畫龍點睛的來鋪陳
透過行雲流水的節奏
詮釋了寂寥的心靈

美妙生動的場景
唯有在簡約的情境中
才能夠找到醇美的記憶
充滿溫柔婉約的曲調
滑過寧靜而溫馨的肺腑
希望尋覓炙熱的回音

粉墨登場的步履
融入了優雅的容顏
即將賦予鮮明的故事
卻在遙遠亙古的記憶裡
無心摻雜難以言喻的情愫
豈是青澀與悲壯的劇情

戲台下稀疏的掌聲
彌漫幾許遺憾與嘆息
然而心靈伴侶自古難覓
在鞠躬謝幕的剎那
終於恍然大悟
原來毋須強求累世的知音

夢旅

★林秀蓉

許是撚自遙遠的天涯
一截虹彩，輕輕高懸
迷離城市短暫歡顏

落日傾斜仍繼續的想著
跨越虛實，過去與未來
只有想像沒有相通的維度
蒸發在六月第十八個夜裡

出走或回返，各自從容
空間緩緩的位移
時間漸漸墜落
另一截虹彩還未醒來

在夢境裡模擬花團錦簇
林間分岔的枝枒微揚
傳唱著夏季戀歌
依然繚繞，漸漸交疊

小步舞曲

★林郁茗

雨，就這麼下起
如同妳還在昨日，耳邊低語
陪著音樂踩踏零亂的呼吸
咖啡涼透，苦澀仍在燜燒著回憶
倒入的奶精散的太快，太急
或者是妳已厭倦這一些
讓妳清醒，卻又使妳耽溺的過去
緩慢地沐浴，盥洗，窸窣之間
熄了燈，寂寞便悄悄亮起
開始一些不知名的熟悉，那些
靜置的音響，門窗，雙人床
剛學會收起微笑，板著臉觀望
不曾感到會是如此陌生
餐桌依舊叮嚀，食量請固定

酒精最好少碰幾滴。提醒一切
我仍在反覆摸索的旋律
偶而傳來牽手，並肩，相擁的插曲
漸漸的，風雨如是表態此地
我也如是聞妳

為竹而語

是否，將夜色渲染成寂寞
將黎明等成三千江水流
嫩綠的紅顏，才會適時回眸
歌舞歲月的琴聲，在懷裡
在蓊鬱蔓生的相思中
你便會，聆聽風聲蟲唧
踏著星辰和明月
隨淚水無聲而穿過

穿越

★林佾靜

穿過寂靜黑夜的
不是甫降落的秋涼
是一隻未在夏末離去的蚊
在夜裡鬼祟地探尋人體的氣味
穿過迷濛目光的
不是拂袖的冷風
是空無一人的行人道
放映著空白的佈景
穿過古老戰場缺了口的烽火台的
不是揚滾的沙礫
而是從前世遁入此生
仍不安於生死爭辯愛恨定奪的
鬥魂
穿過谷底溽熱長夢的

不是白日的焦慮
而是天地初開噴發而出的
光明的混亂
這裡，你穿越進去
那裡，我穿越過來

蓮的獨白

★季閒

初醒

醒來已是蓮
在微風裡輕搖　在晨露中凝艷
三千弱水中
我是你尋覓已久的容顏

午寐

蟬聲會從夏季傳來
我總在蟬聲唧唧的午後
以一千種姿態搖曳
那是一千句　只說與你聽的獨白

望月

這時，總有一管笛
從你斜倚的橋欄響起
滿月時笛聲和悅　弦月時略帶淒涼
群蛙似是解律　輕點水面
泛起圈圈漣漪
月下有蓮　月下有你

詩落的邊界

向妳借一把多色的月光
塗抹在季節的窗櫺
拾起凋落的花瓣，攀爬

她的學名
站在鷹的眉尖垂釣抹香鯨
用上弦月＋綠繡眼的線

人間失格

——自囚的花影

★知秋

難以啟齒的愛慕
一方沃土裡蔓生滋養
風聲揶揄，你頻頻折腰
欲望如蝙蝠畏光

沒有玫瑰敢恨的刺
徒生一雙蜂蝶底翅膀
抱著對光明的恐懼，虛意承歡
以自我為鏡投下，厭惡陰影底自身

圍欄外，森林女神向你招手
用軟弱的翅膀與惡魔交換

人羊的蹄，橫陳渺渺春意
折翅底蝴蝶自取死亡

焚城

從影子裡出走的
早飛過鄉關底雁字
穿上季風縫補的針線
衣上的鈕扣一滴滴
已冷卻的
母親底珠淚

別再為我投注過多的眼神
我只是一輪待沉的餘暉
追逐浮世底虛幻

將身後悄步追上的城郭
擲入試煉的烽火
鍛造一把訣別的刀

敞開知覺的季風
滿是城郭啞口底哀嚎
刀馱著天涯浪跡
長了青苔的腳程
一步一點露的涉過
夜底孤寂

記得你曾經存在過

★柯彥瑩

入冬後的第二個週末
我哭出了風的聲音
很腥，染色的情緒已經無法
走得很遠。我的海域始終
留著你鍾情的角落

週歲後的第一個夢境
關於你的近況，沉默不語
偶爾微笑。遙遠地
乘坐一頭抹香鯨
習慣性的不告而別

渡航

——給Arthur Rimbaud

★洪春峰

哪裡都好，只要是遠方

——波特萊爾

登上你的字句，遠颺
我的深情再也不屬於
愛的國度，更不作詩的俘虜

我在此，似港
彷彿定格的雲霧
甘願任你征服
意志凝束的墨液，心碎的
礁岩，浪花，海怪與冰雪

鑲銀的小船，你將航向
第幾個遠方，拿幾個星座
才縫成你襯衫的鈕扣？

告訴我，讓我也在心口
繡刺你的姓氏，你的眉目
纏綿如谷，迷路成詩
而坦途，總佈置些許坎坷的

像字裡行間的小徑，我也感應
你克勤經營的苦心，你調節
痛快的程度，事物的舞步
黑、紅、黃、綠、而憂鬱
埋伏的地中海閃爍著風的
雙眼

我低低的望去
暈染無盡藍色乳白的，是你
這醉舟，我要求諸神
闢一條新的銀河，再為你
築一個新碼頭
就在謬思慣於散步的岸口擺渡
他們，不甚暸解的歡愉與傷愁

孤挺花

★柳一

你深邃的喉
想彈送怎樣的字串

一首抒情短詩
或渴望一隻願意駐足的蜜蜂

再孤傲，也想有溫柔的風
那豔色的身影
說一則
巨大的孤寂

黑夜中
有難以察覺的
微微顫抖

給Mr.D

★南方雨夕

忘了你是一座活火山
晝夜吐吶桃花與泉水
想念時，供我如法炮製

胴體展放。效尤玫瑰畸角峥嶸
並且，預約策略

卸下武裝之後
春天會伸出八爪舌餤
章魚般，全無遮攔隱蔽地
往四面燎原……

絲絨中一筆書情

★侯思平

生命的邂逅是一次次巧合
我不擇手段多要一點貪婪
以選擇壓縮決定時間的重疊
取景沿襲寫意的微醺
跟隨你的氣味辨認
火花殘餘的屍骸
想像燃燒前蓓蕾般舒展
一首詩的長度
所有斷句瘖啞成隱喻的虛線
而你倉皇轉身不過流星掠過
絲絨中一筆青澀熾焰
書寫於字裡行間
我們矯情
轉折過多的波紋

夜底十行

★流光

我聽見簷下的屋棚漏下一些光的純粹
將一夜的溫柔裝卸在一疊疊無人閱讀的信史底
用他一屋子的音樂懸念久沾髮梢的悲愴
將刪欲刪的章節躺進玻璃瓶的砂礫中
靜寂，子夜搜尋有著彼方味道
追笑窗前蒼白無重讀不懂月的等待
如果此刻雨雪紛飛隔著葉脈間爆裂沉鬱的心驚
他會提燈喚置愛的魂魄流轉至彼方輕駐嗎
從花萎泥地罅隙間
我遇見，自己顫落在一滴珠光裡

聲韻兩則

入聲

汲汲一行笛
化在庭院落葉滿堂
掩埋半個傾盆月色

你笑了。遞來一抹魚躍
松影烙下臉上的花殘

我渴望甦醒。在熟悉的芳香以後

去聲

跨過，貪戀的涎
另半個薄霧踏夜而來

我笑了。釀蜜一椿黃曆
季節消瘦成薄紙

你挑弄鐘錶。複習青春所有熟識
寂寂張著一口笛

愛在邊界中

★流浪路上

花草叢生的世界，惋惜養分不到來
太多雷電的傷痕，太多陰晴不定的日子

疲倦的低垂，苦澀卻隱藏在心中
重新咀嚼這個世界，不安的日子還住著誰

抱住自身，想跨過地上縱橫的牽絆
悲痛的淚水積聚成深海，浪花破碎在高處，掀起波瀾

我愛你從不遠離的日常
其實我們都在摸索清晰的輪廓

在時間的盡頭，還是開頭
如一把生鏽的剪刀，在那時

有時希望相遇一把傘，有時繼續淋滿身
回答你無盡的問題
關乎人生各縹緲的辭海
等你歸來，優雅地支持這個世界。

清秋別

★紀小樣

黃昏躡足走到沉默的妝鏡前
暗影淩亂的花窗　看見
秋
已經坐得比你的眸還深了

一千隻白鶴飛過銀河的鬢邊
在你眼角的餘光中　太平洋的
風暴正梳著亞熱帶的相思林

而在那綹斷髮的覆蓋下
我的耳朵是林中最後的兩片落葉
顫抖在漫天的雪景來臨之前

我彷彿聽到
被年輪拋擲的　烏木梳齒之間
硬生生卡著　一陣　一陣又一陣
淒涼的鳥聲……

無題

——給愛

就要撞擊銀河的兩岸了。
早知：在那個明豔的春日
你的戀　如白鳥——倏忽
祇為在潭心攫取游魚

大雪就要封凍了。
漣漪卻還是將你的倒影
無邊擴散……

螢火蟲之目

——鹿窟賞螢，兼懷呂赫若

★涂沛宗

黑暗傾巢形同圍剿
我試圖仿效你
以鼻息打卡
寒涼中錨定生存
一邊問候一邊前行
向彼此的目的地留言按讚
風聲裡
辨識出同路人像摸清未來的底細

信仰如此險要
通往愛，同時直達血
走進血的草叢

目光如花火，綻出意念的星圖
又或像一顆顆太明亮的暗釦
落入土地，從反面
別住一個時代的模樣

生命的長相崎嶇如霧
依據露水的走勢
某些日子因而曖昧起伏
某些後代繁衍無誤
並順利指認出五官
和日子的方位
為下一張夜之臉龐
睜開不肯就範的目光

冬末訪古寺

（一）

青苔是立體的經文，朝拜者
一字一步誦唸而上
更高處
陽光如鐘，一抹雲來
撞醒整座山頭的鼻息

（二）

大殿跟前，欲望剝落如掉漆
裊裊香煙都是純白的篦櫛
梳理著信眾的本來面目

供品卻早一步上案頭結跏趺坐
把繚繞的思緒看成
一朵朵蓮花的側影

向湖的夜色傳遞

★旅人

那段往事
從第三弦彈出雨聲
手指的痛點
抵達極度

口與弦合鳴
向湖的夜色傳遞
春花落地的訊息

今晚，鳥已傷羽
棲息在顫抖的枝頭

孤寂的吉他啊
注視你疲倦的臉
張望湖面皺紋

絕境

——致寫不出來的夜

★殷小夢

穿越叢林與迷霧
我們持續向懸崖奔逃
時間是微笑的匪徒窮追不捨
藤蔓纏繞節奏，花蟒咬傷韻腳
先寫好的詩句已掉落下去
失去一切的我們
用風決定了最後的步伐
是這樣的絕境
你跳，我也就跟著跳了
什麼都墜下的時候
心就飄了起來

顛倒過後的世界
有著兒時翻滾的快樂
落葉靜止了，谷底粼粼發亮著
即將紛碎的我們
準備好要成為最美的水花
是這樣的絕境
你笑，我也跟著微笑了

夜聞琵琶聲

★馬玉紅

當心事僅剩黑白兩色
潯陽江頭的傳唱
瑟縮在風的簧管裡
歌女與騷客
不解秋神教義
素手彈月
挑抹水中光影

臨水的牽盼
弦音噙住嘆息
大弦獨語
小弦窸窣
舟隻解纜
將水面升降成五線音譜

一段寫意的間奏
自波心畫下沁涼
沒入記憶
星　在雲外如出水的鳥
淚　在眸中如入水的魚
空山迎向薄霧
不知掩抑的心情
續續彈進蘆花夢境

那夜，在橋下

——讀洛夫〈愛的辯證〉

橋的盡頭
不見涉水赴約的黃昏
臨流的兩隻眼睛
一如入秋的河堤

尾生的夢化為湍流
在浪頭與波谷間
聽，大雨嚎啕

倒嗓的風聲
魯莽的雷鳴
湧動高低墨色裙帶
時局比灰雲更急

一場子夜後的默劇
誓約成為一句台詞
揉著一莖水草的溫柔
並入不能言說的愁顏

愛，是魚仰頭吞吮的氣沫
心，是半空舞旋的玫瑰
款款飄落的春天
是一則脫序的詩話

飛行的溫度很高

★袁正翰

用一行字的溫度
撰寫剛孵好的黃昏
於是她破殼　傾覆整巢的斜陽
用光一頁筆記的靈現
燒好墨水　正放肆著　到達思念的高潮
瞬間引爆夜的寧靜
不懂她的淚水　噙下似水的流年
用青春揮舞　用心去填補那絲光
那篇幅荒唐　三個字的愛戀
飛行在海面　等你回首那圓滿句點
有些感激就成為她想飛的字典
黑色字跡鑲著
寸草記憶

無臂少女

★胡爾泰

不是米羅的維納斯
而是折翼的天使
偶然的一次閃電
便謫降人間
從此展開塵世的流浪

流浪是無止境的
空蕩蕩的手臂
無法撥開身上的寒霧
靈巧的雙腳
卻繡出了一片春天

是的　春天的梭子就在腳下
春天的花朵就在臉上

綻開了天堂的風采
劈線運針的十字繡宛如十字架
把人間的不幸　支解了
昇華了

無臂亦無憂的少女
妳的燦爛笑容消解了世間的凍原
妳的穿針引線引來了天上的福音
可是
為甚麼這一顆卑微的心
還隱約透出　割裂的痛楚

禪意

★風雅

夜靜，斗室如寂寂空山
煙爐逸出的青煙
彷彿山中氤氳的霧靄
霧靄裡有我獨坐的身影

誰是被世界放逐的異教徒？
踽踽獨行於沒有星光的黑森林
是我，在寂寂的空山趕路
將投宿於異域的客棧

夜央後，井是承露的玉杯
月凝成仙露，滴落深邃的杯底
啊，我將緩緩垂下陶瓶
釣一壺月光，煮茶

欣聞有朋自遠方來，是風的叩門
來，和我促膝共飲
你知我沏的茶有月色的魂
澄淨而明亮，亦如雨露均霑
是曹溪的潺潺流水
正從茶壺的嘴傾瀉而出

註：曹溪位於中國廣東省曲江縣境內，溪畔的南華寺（古稱寶林寺），因禪宗六祖惠能曾在此講經開示多年而名聞遐邇，成為禪宗的重要道場。因此，後世言曹溪即言禪。

夏至

★高潤清

灌醉一隻蟬
哼騙秋天將近
以樹的輪廓
編織

午後夢囈
鑿醒
慵懶樵風
誆騙韶光不曾老。

阿卡貝拉

樂器若有神
妒嫉將引爆火山
吞嚥的孔竅
在腹腔裡醞釀夢
迸裂出磅礴天籟

空杯

★浮塵子

延著透明的意象凝望金色麥浪擺盪
宛若妳飄逸的髮在指掌間流洩
以一只唇印下最後的註解
窈窕身影交錯悲歡歲月迷惘於昨日星光
能否於大雪紛飛的日子尋覓訪花的春蝶
或者一隻蛾縈繞在熒熒燈前無聲的墜落
渴望被傾注滿滿的愛卻恆常滿面淚痕
茫然間總有清脆的樂音響在彼此空虛的心房

風中的回聲

★盈盈

停下，親愛的，
停下腳步並且
偃息羽翼吧
毋須為我幻風化雨

我會
獨自踏過沒有你的皚皚白雪
細細照料我們的金黃麥穗
我會，我會
在陌生的鳥噪聲中睜眼
依舊將我們的暖被摺疊

當夜幕落闔
親愛的，我會
循著夢徑
說給你一整日的風花雪月

至於我的愛哭
你最放心不下的眼淚
已經凝固
我的瞳
永是一面靜止的湖

所以安息吧
在我親手為你栽植的柏樹旁
芬芳著回憶的泥裡
我愛，闔上你堅毅的眼瞼
睡一下

總會有個季節蔓延出長長月光
總會有一群星子
旋律出你左胸不滅的聲聲呼喚
團圓你我

沒事
我沒事，親愛的

停歇吧
憂傷的吹拂

後記：無論哪個版本的〈千風之歌〉，都透露著亡者不捨生者獨自難過的深情。化作千風，化作星辰與露珠，都是說自己依然無所不在的伴隨。然而，安息畢竟是安息者最好的結果。「難道存活之人，就捨得讓亡者放心不下？」我是從這個角度思考的，所以寫了上面的賞詩心得。

四種愛情

★許水富

一、

親筆耳語。漩渦狀
在您私釀的笑聲和嫵媚讀本裡
校對轉折的柔情與節奏
像一窪眼汪的淚絮。小小的獸
潛回我們參與的耀眼過往
那些沿途揉皺的風景。依然驕縱

二、

我們是獨裁的。愛的偽政權
想像這渺小謊言裡的單音節

濃縮漫延。腰腹以下
我們甘為屈服成一尾腎上腺
剝開絕美軀身。鐫刻暗香
只為嘗嘗滲血的甜酥

三、

唇線上跳躍的韻腳
水聲汩汩。咳出受孕鑿穿的脈搏
我們允許月色的受訪。交合
讓愛慫恿造物者的肉身受洗
在搖曳的知識姿勢。編織詞意
聽鼓脹的雨聲摩擦。淹沒

四、

液體情愛。唯美押韻
斟滿花想容的千年波蕩

如同疊字清音。聽水湄玲瓏
一齣風月最初的出處。滑行
您滔滔不絕的碧藍流淌
署名我們進化的彌留身影

追逐

★許文玲

午后的第一朵雲
自你胸口飛出，以靠近
寂寞的速度排版美學

如何裁剪
淤滿指尖的詩句
種在意象蕭索的夢田
如何典藏
搖晃心靈的潮聲
放牧比愛更遙遠的明天

我向身旁的三月借來
半匙春光，把昨日的倒影篩成
這一季最婉約的和弦

我們是身裹薄霧的孩子
在未竟的中年陡坡
追逐笑靨

新雨

我會持續抄錄妳的章節
不管今夜或者　明日
也會將妳
漫漶的語氣，一字排開
交由大地　朗讀

僅僅

★莊仁傑

你有美麗的額頭
僅僅有
我便順著它的弧線
滑向寂寞的時鐘

這令人聯想到
燈泡點燃鎢絲升溫的時候　擺動
你的鼻尖沒有任何阻攔的作用你說
血盆大口：直達愛的地獄盡頭

屆時我們同桌慶祝
僅僅讀了對方的詩
就開一瓶酒

直接醺透值得讚賞的眉峰
與它們之間是夜，偏皺

無色。青春

★莊源鎮

念你三分
這夜可以活的更長
而浪漫月圓已沈睡
滿天破碎的星光燎原

我的身影是冷粹的冰晶
凝結
無力奔馳的眼神
卻漲滿一身的懺願
期望如火的來人
釋放

夜之蠱

——Phantom of the opera

★莫云

唱吧，為我歌唱
讓歌聲穿透生命沒有退路的邊界
讓妳的臉背對白晝讓妳的心向黑夜敞開
讓妳的意識卸下武裝讓所有沉睡的感官醒來
讓音樂的天使撫慰妳靈魂的顫慄不安

燭火下，夜的幻影快速膨脹
我潛伏在幽冥的地底
蘸取玫瑰的血譜寫致命的愛
任苦戀的音符浮飄成魅影幢幢
直到妳的歌聲引渡我衝破孤寂的煉獄

我不是傳說也不是詛咒
妳屬於我——
我，活在妳心底最深的渴望活在妳聯翩的浮想
讓黑夜將我們掩埋將我們吞噬
讓我為妳譜出一曲生命最完美的樂章
唱吧，讓我們唱出夜的禮讚

陸封
——七家灣溪的櫻花鉤吻鮭

正是這一身雲紋櫻烙的胎記
解密了　我冰封萬年的身世
復育出尚未石化的記憶

冰河裂解的時刻
肯定伴隨陣陣驚天奔雷
地殼慌惶推擠，群山
駭然破海而出——
嵯峨　如狼牙戟立
將我困鎖這榛莽島嶼

猝然切割的斷章
攔截一路唼喋的祕語
篡改了生死迴轉的宿命
重新洗牌的基因
重重禁錮著我
時空錯亂的靈魂

荒山夜長
那無端吹皺一溪清冷月色的
可是來自遠洋的風
捎帶著失散族群

怦然、、、
與我同步悸動的心跳？

註：櫻花鉤吻鮭是冰河時期的孑遺，因地殼變動被留困於高山，改變了降海迴游的習性。

耳語

★莫問狂

那些漸層的剝離是海平面以下的光
從你的話語間顯現，又象徵性地熄滅
如同一棵樹木在寥廓的鏡子裡
戴著星星與鈴鐺
世界上一切消耗品所組成的城市
將我們捲入酒紅色的漩渦之中
指揮家的視野覆蓋整個音域
向靈魂示弱的肉體偈促於文學史一隅
內心充滿陰影，語言以沉默為軸心
帶動周圍的意義
形成神話的堡壘，自始即有一種掏空的缺陷美
在你蔚藍的雙眸裡放晴

守望

——電影《燈塔情人》

★莫渝

將愛點燃　三百六十度旋轉
每一角度都浮雕你的微笑
每一光束都閃亮你的倩影
每一時刻聚焦對你的想念

女人如貓　渴盼柔撫的巧手
乍現的影像
為平淡水面投濺激情的浪花朵朵
一如煙火節瞬間的吆喝嘆叫

你出現，是溫柔的光
你來過，留下美好的記憶

記憶　期待長留保鮮
日子　依舊是恆常的軌道

註：《燈塔情人》描敘阿爾及利亞獨立戰爭結束，解甲的法國軍士，由政府安置到威桑島塔擔任守望員，在島上發生的情戀與友誼。

嚮

★張文柔

安放妳的名於音樂盒裡
隨著音符散落在日常
跨越了宿命的縫隙

偶然抵達彼此的那片黑雲
沒有傘，我們赤裸並甘於透明
專注於雕刻一道蟄伏的靈魂
而我亦被雕刻，那所謂精細

無數的夜裡，步入夢的旋轉樓梯
默許曾有過的傷痕終能悄然無息
綻放信仰的痕跡

所謂愛，存在勝於本質的意義
緊貼著真實的外衣，點燃少許的火種
失物總會被招領

妳是較為隱晦的那種字句
而我正在前往妳
光一樣的前往

靈感的祈求

上山讓大雨揮霍我
在水聲漫漫的淹沒下
掀開原始靜謐的角落
隨風搖曳的片段枝頭
細聽風鈴如倒立的酒杯叮噹響

與一隻趴坐的狐狸凝心而視
言語丟給山谷中的回音去擺盪
一盞星星引領我邁開步伐
懸宕在夢的邊緣發亮

四行小詩

★張堃

助聽器

埋怨世界太安靜
靜到如啞劇和默片一般誇張
戴上又嫌太吵
吵得聽不到一句真話

那年的法國梧桐

早忘了風雨中的失約
卻記起梧桐樹下的等候
那年徘徊的鞋聲
至今仍埋在新落的落葉中

靜電

眼光交會的一剎那
被誤解的暗示
通過幻想的電波
把我電了一下

練習曲

彈奏一室的寂靜
幾朵昏睡的燭光紛紛醒來
在火焰中閃爍著
惺忪的音符

魚刺

★張詩勤

我把位置讓出來，他就坐下了
生活向左邊滑開
當我獻上溫度，夜就被截斷
那些表情、種種氣音
他們的面具戴得有點太緊
我脫下許多堅持
想為唯一的一場表演辯護
可是人們走得那麼快，毫無留戀
所有懷疑都結成冰了。感覺餓
感覺一瞬間街景就要融化了
感覺，他的臉突然整型主義地
成功了
到頭來，海底到底蘊藏多少真相

原以為是很多很多魚的活屍
結果卻只是幾面鏡子

達摩

★陳填

往上提畫
一筆到位
翻轉著風的流暢
鑲上了金黃
沒有渲染
哪來祖師的袈裟
只有王者幽香
輕點眾生
斯年已過
日月如梭

註：為二〇一二天使生活館國蘭展而作。

定伯

★陳子雅

然而，你厭惡光線
樹影和風聲推疊
如同利刃下的腥味
牆上斑斕的血跡浮出雙手
反鎖唯一的窗口
惡夢就從門縫爬入
在陰暗的床沿蟄伏後
頭髮在口中萌發、茂盛
傾盆而上
每個毛細孔的呼吸都死去
全身佈滿一千萬個瞳眸
急速轉動，並且窺視
衣櫥中某些庫存的潛意識
正藏匿衰老，以及情慾

尚未取出黎明
惡夢就從頭皮滲入
自鼠蹊長出一頭黑羊

＊「定伯賣鬼」，出自《搜神記》。

小王子的眼睛
——致蘭秋

當月光在你的額頭發酵
滿身童稚的步伐
沿著雲系的邊陲中隱沒
是否，會突然想起
某個回憶中玫瑰的眼淚
極度緩慢的流浪

在狐狸閉上整個星空前
將自己的旅程說話
成為下一個潮汐退湧的曾經
當蛇吞下世紀末的黎明
大象是最美好的黃昏
無謂的祕密是一身沙漠
從緊握的指尖風化
黑洞中潘朵拉的寶藏
從小王子的眼睛，結痂剝落了
全宇宙的一朵花祭

深夜食堂

★陳興仁

單車載滿青翠的季節
我拌白晝幾滴蟬鳴
切開黑夜的匣子
讓刀口碎碎的話燙喉

有人浸泡愛情鹹淡
有人轉身嘔吐肝腸寸斷
而一切叮叮噹噹
是街燈低首，有誰走過

我在閣樓豢養風鈴，收集
每個心情的敲門聲
偶有漂泊的小雪，請進
櫻花瓣正在杯底緩緩舒展

浪花

★陳皓

九月的海，溫柔的故事將次第展開
我們並坐聽取潮聲寧靜的曲調
微風吹過曲折的海岸線
海浪爭相湧起帶來日光的消息

消息趺坐在礁岩上冥想一種奇異的等待
明亮的聲音開始練習飛行
越過幾重山脈後落入記憶的底層
構築屬於這季節的夢境

夢境裡絕美的心事有多長
我們努力翻閱深邃的眼神複雜的痕跡
伸手畫出一道必須跨越的藩籬

側身虛掩著還未完成的故事
填滿著焦慮的遠天遺留的希望

希望翻越另一個夢境的谷地
這裡有銀光傾洩，開成一朵美麗的雲
在到達記憶與夢境的底層
擱淺在長長的海岸線重複書寫的字
是不成曲調的海，失眠的浪花

同方向的偏移，企圖觸及你

——讀廖偉棠《尋找倉央嘉措》

★陳威宏

如被大漠收進它無盡的口袋，滾滾黃沙是我
不可遺棄的靈魂弟兄：別去問山寨版的褪色袈裟
是怎麼穿戴上了身？不可復返的直線迷宮
人間繽紛的彩線著纏我，不得不癡迷
輪迴我去玩一場已知結局的遊戲

隱蔽的歌尚見有你翩翩燃起，還好是你
成為月色，不懈在黃昏裡提燈引路
噢，太久了！我以一株幻樂的姿態孤老，不能
合十祝禱。執著的佇留，只忖量旅人的足跡：
這一小塊陰影屬於誰，有誰可安放自己？

為了抵抗死，為了黑暗時間的黑暗
我才成為白：在人生道場裡凝塑
手中帶刺的硬錘——尖銳詰問無語的天
站在上風處，今夜髮亂色衰的我不動
聲色地信仰說愛，學你瀟灑卻僅剩眉眼一瞥

請你再向前，頌歌，明日的斜陽一抹：
暫以情詩掩映真理，願你攜我
如不經意入底的石礫。使我拔沙染塵
再次走入烽火完成艱鉅的任務

遠去

★陳少

你的腳步靜悄悄
依循晝夜的尾巴
在四分休止符的琴鍵上
一步步靜默下來

你的沉默還沒有走遠
我在另一顆星球
幾道流星般的習題
試著演練或者以意念
求算正確的距離
羅列的星象證明以下：
萬有引力感傷失靈

影子是否跟著遠離
遠離我的想像
一日雨勢
將碎裂雷聲
拼貼並緊緊擁抱
雲後的微光
普遍壓抑

清晨淺眠也好
雨過的彩虹總是讓我
夢見你
回來之後
又輕聲遠去

我的詩在絕壁上攀爬

★陳胤

是沉睡的風嗎？
我就這樣如槁木站立
月，在你的故事裡
圓了又缺
缺了又圓
映著我老去的青春

是你嗎？
我的詩，也就這樣被喚醒
流著溪的淚，盪著谷的聲
在寂滅的靈魂彷彿老僧入定中
緩緩站起
帶著花的香，土的味

原來你一直醒著
躲在亙古的岩層裡
你撥撥我眼尾的弦
我的詩句竟紛紛長出手足
躡跛地，奔向那陡立
詭譎的危壁——攀爬……
　　　攀爬……
　攀爬……
即便是　　　　粉身碎骨！

蒹葭

★旋轉木馬

以為把自己縮得
像水草那麼瘦
以為把自己藏得
像白霜那麼深

只有我看到
妳將候鳥驚起的一滴眼淚
恰是秋天來時的頭一場雨

非夢

喵的

並不僅僅只是
落地無聲的啞彈
當他們弓起春天的腰
夢鄉即在瞬間炸碎

窮忙

相隔一牆
我在裡頭專注數羊
雨在採光罩上
練習了整夜的蕭邦

心鎖

★游書珣

一名女子執筆摘取日常
將摘下的字一個個重新種在稿紙上
繁衍成林。她走向那片新綠
行囊裡裝滿慧黠的字句，每一步抖落
一些，嵌在越來越深陷的腳印裡
更多參天的樹從深陷裡昂然拔起
在日常裡迷途的觀光客們，一來便
合抱著樹啃咬，果腹之後
萌生返家的靈感

另一頭的城裡，女子被謠傳為持械的女巫
她把字的頭砍下來，丟進森林餵給不倫的霧
以便向撒旦收取雄厚的佣金
一座遭謠言封鎖的森林，卻引來

更多眼睛前往窺探——他們望見
女子有著草綠色瞳仁
身穿一襲姣好的迷彩旗袍
疾疾穿梭於森林之中，喃喃地、喃喃地說
她得趕在獵人提著火把入侵之前
誓死掩護那些樹！

女子於是將一整座森林裝進行囊
跋涉到另一個山頭
在文學的不毛之地，她總是第一個抵達
以筆為鋤，探測土壤質地
直到大雪紛飛，女子仍堅持坐在
一把冰製的椅子上，在皚皚的孤絕裡振筆
輪轉的時光中，人們遺忘將思想換季
唯有她緩步上前，以一枝堅硬的筆
轉動整個時代的心鎖

註：小說家郭良蕙於一九六二年發表小說《心鎖》，題材與描寫手法在當時過於前衛，淪落禁書之命運。

鑲邊

★游善鈞

牆上爬滿你的身影
一朵一朵
像腐敗的花
鑲銀邊的烏雲
一開門就要下雨

走廊曲折
是迷路的蛇
通往你身體的小徑
開出新的肚臍

將身體砸向牆
用碎裂的部份敲打
自己的雙腳

像為一座花園
除蟲施肥
偶爾澆水
假裝圍籬內外
有一樣的土壤和天氣
發光的腳印

激昂的心

阻擋一顆激烈的心
朝天邊扔擲標槍
夕光是太陽將死的預兆
你選擇逃
漆黑就把你抓住

孤傷

★游鍪良

深情留給眼尾的街角
潮濕點了兩盞微光

距離無法對摺
寄存夾於書頁
涼脊霧靄的風
吹動

字跡散落一地

醉看

★閑芷

等夜慢慢吞噬
霞也似漸層的甜橙
搖晃著紫羅蘭冰沙
倒入細高跟的香檳杯
暮色情懷，浪漫地
相擁旋轉一圈
又一圈，迷眩了星空

舉杯，飲盡
情定夏威夷夕落
再一杯紫色月光海洋
揉著椰風的悄悄話
半眼朦朧，醉看

一盞燈光如你深邃的眸
點亮喧騰的心事

穿越自由

★項美靜

吳興街這個以我故鄉命名的街道
在一〇一高聳自負的陰影下顯得狹窄又寒酸
嗅不到丁點江南的煙雨

獵龍的子彈還殘留著硝煙
我在這座漸綠的城市尋找藍天

路過二二八公園，美麗島的冤魂紛紛湧來
把思想縮在帽沿下，我疾速離去
杭州南路或許有西子踽踽獨行

扯一片雲遮掩裸露的赤色
徘徊在宮殿式建築褚紅的肅穆中

太陽花在路燈下耷拉著腦袋
鴿子正嚼著民主丟下的碎果
藍白相間的圍牆圈住一地空蕩

中正堂的穹頂攔截了我的目光
接住空中飄落的一根羽毛
我如風，從自由廣場穿堂而過

荷米斯傳奇

★雅子

是誰
鑲嵌一雙翅膀，在足下
飛馳風的速度
穿梭奧林匹斯山

傳遞酒神於火水
撥彈里拉琴，緩緩吟唱著
百眼巨人頭顱
在那月牙彎下

夜夜為每座牧羊山丘展演夢境
每每引渡徘徊的靈魂走向幽冥
鑽醒了沉睡的火種
且以大草鞋，詭譎阿波羅遺牛蹤跡

輕柔的白雲有你寫滿詩歌
飄過窗口，撫慰旅者寂寞
也撫慰了我，荷米斯
何時竊取我的憂傷

留黑

★程悔知

海風從漆黑裡迸出，冷得哆嗦
歲月抹去了傷　深夜吞噬了黃昏
模糊著時光隧道
不再想起卻愈見清晰　折磨翻攪著
關了相片的框卻開了思念的窗
佇立的燈塔掉了幾片斑駁
是臉頰的腮紅迷了路
掉了的粉刷　下輩子若找回繽紛
記得，請先塗滿今晚的留黑

月光

★黃羊川

城外有雨
月光爬過牆
雨中
沒有影子

城裡有
一個坐困愁城的人遇到另一個坐困愁城的人
影子在走路
失之交臂的臂
無法躺出

同一個夢

氣球荒島

★黃亦維

飄飄然地墜落——我們的笑
青春相互嘲諷
如同狼群吼出來的圓月
曇花看著它掀起裙子，狂舞出
一張夜空

蝕盡了星子的腳印
坐在承諾的岸邊等待
那些零碎的夢被海喝完
孤獨的天堂
鳥啊，盛開了一季春秋
給鷹的回音
是一株地獄來的花（多麼熱情的灰燼）

流水刺破了化妝鏡的心臟
我們笑著，唱著
貝殼的歌
對著已經枯萎的相片告白
摒棄彩色泡泡
持續走在自己的長廊上
每走一步
便將空蕩的氣息舉起
並回頭望一眼
傾頹的童心

長尾水青蛾

★黃里

楓香的香不在繭
錯綜複雜的依附
那紊亂的巢枝　歷盡
天地衰頹的景象
殘留在新綠的葉下

有薰風來搧熟　有月光
黎明前暈染的青澀
輕吐其上　有蟻的觸角
指尖與指尖點燃訊號
是時候了　最後一滴露珠已乾
鬼臉從敗塚中浮升
晨幕被包捲成兩螺紡錘

收綑著破殼時的無窮
　蛻皮後的有限
當月終將輪廓遺留在
凝定的虛空時
水色盈滿
從放袖的尾末
緩緩舒展……

冬

★黃有卿

天空被冬日漂得蒼白
提筆的手指龜裂
一群形單影隻的樹木被我路過，沒有名字

風衣的骨架讓朔風摸透
一路鎖骨、腰間
你的背影是瘦金體捲進風雪
披著毛衣打燈

書頁凍得碎裂
宇宙凝為一念，毋須闔眼
被濕氣浸潤的白襯衫陽台上單薄演出
總歸一場默劇

寫首零下五度的詩篇
話語未落，長影被鳥群飛過
枯枝上幾許殘紅
隨雲逸散，光線與塵埃揉得不那麼均勻——
年輪從不均勻。

向萬里無寸草處行腳

——敬悼一代詩人周夢蝶先生

★楊風

死亡在我掌上旋舞
一個蹉跌，她流星般落下
我欲翻身拾起再拼圓
虹斷霞飛，她已紛紛化為蝴蝶。

——周夢蝶〈六月〉

已經化為蝴蝶了嗎？
紛紛
這死亡。
夢裡旋舞千千年
夢外
蜉蝣一生。

須彌山上長壽天
怎比
半僧半俗
九十三。

詩篇八千八百八十句
花開花謝孤獨國
怎忍
向萬里無寸草處
行腳！

＊「八千八百八十句」出自周夢蝶〈還魂草〉。而「向萬里無寸草處行腳」則出自〈聞鐘〉：「我想隨手拈下來以深喜／串成一句偈語，一行墓誌：／『向萬里無寸草處行腳！』。」

漸漸無法想像

★楊平

漸漸無法想像
城市以外的世界風貌

漸漸無法想像
陌生的肢體如何不以
情慾外的方式
交叉接觸

漸漸無法想像
大地也曾有過螢幕上的
各類生物，無垢藍天
和一整座連綿大山的野性美

漸漸無法想像
一朵花如何
盛開於無酸雨的春天

漸漸無法想像
地球還有寶藏而人生
除了捕攫還有什麼意義？

漸漸無法想像
什麼是虛擬？什麼
不是虛擬？

漸漸無法想像
偉大的造物主在那裡？
為何比冷漠的外太空
還要冷漠100000000倍？

漸漸無法想像
直到
漸漸失去想像的
接近
預言書記載的日子
和地球又一次絕美、寧靜、
荒涼的冰河期

誰

★楊穎鋒

用唇印一個OK繃
貼在額上
止住流失的記憶

用唇印幾張便利貼
提醒褲帶
不可肆意解放

用唇
扣上衣扣
冷否

再用唇印一列鞋印
帶著回家的路

笛聲

★落蒂

這樣一步一階向上爬
能否到達所謂天國
實在懷疑那些令人迷惑的指示
如同原則上昇的黑煙
更像紅燈區的迷魂香
伸出五指竟然不見
莫非世界已經黑暗
所有零亂聲音都響起
所有野蠻的叫囂都激昂
所有杜撰的情節都演得生動
所有他們要推倒的都已躺平
把一切玩在手裡
把原有的都已拆解
夜色中怎又傳來消失的

按摩女笛聲
如此凄涼

百密

★楚影

尋找你遺留的輪廓
卻得到清楚的寂寞
一如夜中燭火
等待晨曦的解脫
纖細成灰的
眼淚之外還有什麼

走回所有的地方
面對高懸的悲傷
時間彷彿延宕
而後凝滯思想
原來熟悉讓我們
誤以為陌生能夠接近

或許你知道這一切
更可能比我還了解
那未完的語句
都是脆弱的愁緒
在每個似曾相識的場景
徘徊著耽溺的夢

冰河

★瑟穗

這牆與牆之間有甚麼在流動著
以遠方一條冰河的速度

從你門前走過
踩過不經意落下的針葉
我想，是那數萬年前的孑遺物種
就此定居，在南方
盡情呼吸，摩擦意念
香氣，溢出旅者的途徑

你是暴風雪未至前的優雅彎道
始終從容不語，河面
偶爾掠過促狹的光與影，望見

卻無法觸及，天地純白
無邊，拭盡旅者熱切的足印

每日，不經意從你門前走過
走過一場急速冰封
凍成等待溫度的雕像，凝視
卻從不驚擾，微弱換氣
試圖走入被神應允的領域

未完成

★溫風燈

十五國風吹入我的書房
詩經的心
被琴瑟撩撥
悠哉悠哉——

你
卻執著於被翻頁摺角的段落
想尋找現代的悅慕
是否也抒寫進去？

字句也有老去的一天
崩解成甲骨
占卜烈焰燃成山海
竹簡　著墨了多少依偎

你　只能繼續朗誦
某國的風偶然
翻到下一頁

茫茫

轉角

前世的因緣重逢在
樓梯間的轉角——
雙唇蠕動
鑽進我的層層書冊
　當開啟的剎那
　今生將從此緋紅

魚

★葉莎

在腐朽之前
讓我們再一次對望
各自剝下鱗片
露出傷殘的自己

天空與海相同
不停翻湧
肉身漸漸被風吹破
露出瘦骨
讓人更想念汪洋的豐潤

眺望的夢在遠方一一醒來
你遺落一隻眼珠
我僅剩空洞眼神

寒風在寒風中
川流。不息

懸腕

★葉雨南

提著一顆心
在月光上書寫
把世界寫的光明
每一條街慢慢的靜了
沒有墨水了
只能用星星代替
讓閃爍文明每一個詞彙

妳太安靜
我在月光上
看著妳的身影
寫不出妳長髮般的細
手臂抬高，微彎
這是我凝視妳的距離

拉住光陰的手

★瑪璇

時光飛過　搖醒沉睡的悲歡
記憶離鄉背井
皮箱內那濃厚的鄉愁
寂寞　染白了兩鬢間華年的痛
在夜闌人靜時生根

就像那一片啞口的森林
即使放聲大哭
也找不著微微發光的流螢
溫熱我那即將失去年歲的夢土

夕陽醉染了山頭
我們在山腳下對飲一罈寂寞
簷上的雀鳥　叼來幾瓣桐花落

為童年的春天
繫上一串長長的繩索
好讓我拉住光陰的手
不再繼續流浪

逾期未繳的情緒帳單
喘息 在一條長長巷口的街燈下
我不斷地與自己的影子對話
在等待歲月的列車
將我載回母親的懷裡
讓愛的Icash將悲歡零存整付

迷途的光

★愛羅

漸漸，我們移開了相望許久的目光
或呆坐、或癡笑、或朝風拂去的方向
臆測彼此心中落日的輪廓

會不會是某種失落感掩飾的一種方式？
霞光的餘影像似默默讀著秋夜的心事
在搖晃的樹叢中
聆聽幾隻麻雀輕嘆的愁聲

可惜，那些喜悲交錯的耳語
仍攪不清逝水的波蕩
我們依舊徘徊在時間的涯口
襯著秋夕，尋找彼此來時的路

古井

★路尹

一口古井的寂寞
映照過無數靈魂的青春
和幽微嘆息

嘆息輾轉
飄至今晨微雨的廊簷
清冷滴着愁

愁　掉落在如鏡的水缸
漣漪盪漾一葉綠荷
也盪漾如井的寂寞

門的系列
——閉

★路痕

心扉闔上一個才子
從此聽不到門外的鶯聲燕語
看不到青春的明媚風光
跛腳的樹，種在心房見不得光
說閑也不是
總缺那麼一點孤單月色
亮得疼痛的眼睛是否該關上
滴些荷露潤些清涼⋯
只是那電流脈脈無關門窗
才下眉頭又上
心坎

木心情話

——綠蟲

綠蟲是我最痛的存在。
穿梭在我的年輪之間，吞食著往事和記憶，那穿心之痛呀～
看到了嗎？我掌中的血，葉上的枯，芽的縮，根的腐……
那從土中水中來的，透明難捉摸，鑽心刺骨的愛慕呀～無能逃避的疼，
我用心汁餵養而繁殖的絲，像無法抑止的寄生，緣的宿命。
蜘蛛在我身上織網，捕捉絢麗的彩翼。天使在我內心扎針，縱橫穿梭。
血在我的髮上，開出秋天夕陽的顏色……

四行集

★趙天儀

春雷

一道劍光
劃開了天空的胸膛
轟轟隆隆
把臥倒的地平線喚醒

春雨

點點滴滴
是持續的綿綿春雨
屋頂有一陣推敲的音符
土地有一道滋潤的聲音

向夜空傾訴

野犬的吠聲向夜空傾訴
荒野的風聲在午夜的林間咆哮
大地一片蕭颯
落葉在半空中飛舞
深邃的蒼穹是黑暗的深淵
星星們在閃爍
似一明一滅的燈火
一道銀河連環浮現
扣緊我兒時夢的迴響

江湖行草

★寧靜海

是夜，影子們開始聚集
騷動如千萬匹馬
拔足一路狂奔
飛快的蹄印踩過淩亂的草長
穿越橫臥的夜霧，穿越
她的身體，和他

她撿起一隻被玷汙的鞋
和一副骨折的胸膛
在暴雨抵達以前
他的城剛嚥下最後一口氣
成為廢墟

其實江湖客都是裸體的
割斷尾巴綁在刀劍上
讓疼痛失憶
讓月亮一夜流光了血
這一次
她真的恨透了春天

我要為你做飯
——御便當

幾株春天在田間小路上
等它們綻放花朵
宋詞是珠圓剔亮的米香
茴香滷煮的元曲最引人垂涎

加上幾顆相思撫摸過的辛辣小令
一艘木船搖搖晃晃朝你　靠岸

山林夏語

★夢林

撥一通綿長的相思給山林
鳥語娓娓介紹各部分機

欲尋振翅蒼鷹請按1
按2 打聽溪澗間鵝卵石交相傳遞的密語
昨夜晚風留言予松
蛙鳴嘗試解析晨露裡含苞的夢境
也許有一陣雨　路過荷塘　拜訪魚群
寒暄幾句　當時伴誰散落的步履
或是等候打了長盹的山壁　延遲許久的回音
依序　請按3 到7

重聽請按＃字鍵

或撥9

唧——

夏蟬以一聲長鳴

為您轉接天際

琢玉

★廖亮羽

尋找山脈面容裡暗處的花冠
許是在山壁裡與觀音對坐
一方林木下的大石
許是河道裡與河神搏鬥
一處青處青苔後的礦藏

你與世界互相敲擊的鐘聲
應允一座破相的古鐘
側睡在一支鎚子旁
我不斷不斷在黑夜裡
望見瓊樓玉宇的臉孔
當所有碰撞都已寂然
我們需索假相，面對無窮的真相

如若你能讓玉石說話，讓她成就
一首非凡的詩，鼓盪老叟的青春
世界見證不老的傳說，與我們墮落的
老朽，以一雙永恆之手掌舵
鑿出愛了將不會枯萎的雕像

假如你能為地獄植蘭
讓煉獄的鬼魂攀附莖葉
隨香氣湧上大地
再一回呼吸凡人的愛欲

彷彿你能為天堂養蘭
讓曠野的神獸尋跡而來，衝撞神之大門
帶我們如玉石俱焚前無度的
快樂，卸下一切多餘肉塊
被刀斧剔除累贅而晶瑩剔透
因被刻成一尊雕像
而終顯自我面孔的翡翠

（法國巴黎瑪摩丹美術館）

憶

★廖佳敏

一座休眠火山
灼熱且深邃
在未設防的胸膛
血色烈焰隱隱壓抑，翻騰

一則美麗傳說的哀戚
註定被夜色悄然窺視
如龐貝的命運
囿成模鑄化石
拓出深深淺淺的印記
於苔蘚猶青的街道

煉爐再度轟然
在堆疊的憂鬱塊壘

誰能靜默地走過？
一場曾經輝煌的謠傳

時間在此，凝固
凝固青春的灰燼
湮沒龐貝
湮沒我
在古城巷弄

木棉花

將美麗瞬間燒熔
火焰傾瀉
成撞擊春泥的聲聲熾響
等待

第一抹綠，嵌進
春日的風景中

夜過新竹

★廖震岳

我滑入你的白晝
留下冷風，以及兀自震動的胎痕
影子追趕著不想闔上的眼睛
寂靜遠遠落在後頭

你是頭自神話裏逃離的獸
蟄伏著，細數著吐息中殘存的回憶
故事凝成斧鑿
一刀一劃在身上刻出皺摺
背脊隆起，棘刺日漸銳利
上頭鍍著黃金
傳說的痕跡被海風蝕去

足跡蔓延，揮發成紊亂的脈搏
而我一頭闖入
渾身沾染破碎的喧囂
拼拼湊湊
遺落並且帶走，那些說到一半的情節

黑夜在外頭等待破網
我伸長頸子
迎向流淌的寧靜

傷別

★齊魯

之一

拈記憶冰凝於雙指
讓寂寞注滿小小磁杯
那罈情緣的年少啊——我心底的
愚癡，以真以夢成情化酒

所有的曲折終將在永夜時隱沒
眷與戀交結成半截殘念
妳淺然的揮別，今晚
泥封未揭，罈已空碎……

之二

我倆的過去，那些年
走過千山，此刻都成了
斷尾的故事

水墨色的天，濕濕的
是剪斷臍帶的孤獨
從此萌生，佇立憑弔著離別

還有篇章嗎？峰迴路轉的長街
一剎那，萬盞燈火迷濛了雙眼

蛇瓜

★劉菁芬

少了攀緣蔓生
如何讓你明白，想念
垂直、躬身、迴旋、蜷尾
酷似一條條緜長的翠綠蛇瓜
古人以牛角掛書
我詩的紙本是你
翻頁，只需一陣微風
跨夜，卻是無數墨漬
嘆息後的累積
春風過境
裁去窗前狐疑的分枝
堅持爬滿詩的棚架
盛開一朵潔白星花
存在，只是為了

映射一根邱比特遺落的羽毛
一縷寫字檯邊的炊煙
一場落日半掩的
黃昏之戀

流星

前不著村，後不著店
這半人半獸的夢境啊
以陽光為主食
卻結出破碎感十足的果子
今晚，該誰來咬一口
做做血源鑑定？

可是我不應該愛你

★瑪法兒妲

我是溪流裏的石頭
半身被魚群沖刷，另一半
覆蓋滑膩蔓生的青苔
焦渴，且善於守候

偶爾是一艘無帆的船
在風停與無舵之時
以磨礪的姿勢
朝向濃霧

你說我是狂烈而溫柔的
像一頭月暉色的鹿
所有指路的明燈
都是我的
回音

搜尋關鍵字

★暮雲

關於很深的街尾
那些被黑暗保留半邊臉
猶似城市中搜尋你的一絲絲風
無非要凝視空蕩如你
那些學會牆邊栽種問句
在昏暗絕冷火中
是否仍搶奪最後一道氣息

陣陣狂飆與撕裂的愛
句句低吟如責難
那是海的樣子
曾包圍過我的眾多眼神
夜，是如此遼闊

傾倒而出
只為找尋另一種刻骨銘心

點名

★魯蛟

無禮！　　有

虛偽！　　有

墮落！　　有

疏離！　　有

仇恨！　　有

破碎！有（聲音越來越響亮）

……

仁義？有（聲音越來越低弱）

孝悌？　　有

清廉？　　有

道德？　　有

良知？　　有

太平？　　有

……

殉

每一根梁柱
都是一條壯碩的漢子
以寬厚的肩膀和堅硬的脊梁
用力的挺撐使勁的頂扛
欣欣然的
將寶貴的生命
融進那節節升高的樓廈中

我說鋼筋啊鋼筋
水泥啊水泥
自遙遠的地方來到人間
為的就是這趟
不求復返的獻身之旅

遺忘

——仿villanelle體

★蔡振念

一直我是迷途的漂鳥
雷來割破了眺望的窗
我跌落在伊甸的荒郊

這裡有莽莽撩人的野草
早晚出沒安靜的豺狼
何時能回到思念的舊巢

這裡有太多太多的波濤
風雪中卸下了隨身的故鄉
我跌落在伊甸的荒郊

曾經愛情是春天的浮彫
烏雲挑撥了多疑的斜陽
何時能回到思念的舊巢

據說死亡只是種風潮
時間它收穫了青春的張狂
我跌落在伊甸的荒郊

曾經是鳥不再飄搖
愛情與死亡都已遺忘
我跌落在伊甸的荒郊
何時能回到思念的舊巢

二行系列

★蔡忠修

＊香水

靈魂深處
一隻蝴蝶醒著

＊往事

歲月停止了腳步
故事裡的塵埃卻四處飛舞

＊春寒

原來痛在這裡
三月杜鵑終於開口說話

＊名片

偉大的過去與現在
但無人知道他的未來

＊訂書針

歲月因露出破綻
而時間散落一地

＊手套

已被包圍的手指頭
愛，突然伸了一個懶腰

癬

故土淪陷後
妳用手抵抗歲月

時間投降了
妳用思念包圍日子
而癢只是一種無奈
蔓延也是一種方法

而雪花翩翩滿地皮屑後
妳說冷也是一種感覺

站在濤聲的濱線上

★蔡富澧

我很怕　一失足
就會跌落濤聲裡
被層層疊疊的
記憶淹沒

再往外　綠色就失去
重量　跟著濤聲
一起向遠方的海藍
探詢浪花的歸來

以外　船很少
懸崖上的風
只聽得到濤聲和幾許

難得的鳥鳴
春天已經很遠

高度不夠
把濤聲濾個乾淨
水色倒很強勢
主導饑渴的慾望
樹很少　想到
那與海同在的一身
清涼

我有一點暈眩
分不清海與天的界線
至於海岸　礁石
綠草的分野
那麼明確　只有濤聲
在清楚　模糊　記憶
之間不斷游移

今天正要凋零

★蔡凱文

在背後盛開著的
啜飲絕望的
那叢玫瑰
今天正要凋零

它的葉脈有無形的傷痕
來自風聲
與時間的陰影

而我的胸口是細弱的莖
就像最後一片落葉
承載不了太多明確的旨意
便要離去

之十一

——致妳

喉頭的雲下起了雨
於是電話那頭的妳便要撐起一把
思念的傘，阻隔寂寞
在我喉嚨汲取的海

我們舉起右手點名，指著那些星星
想像每一顆都有一朵玫瑰
等待呵護
於是宇宙那頭的某個人便要唱起一首
隱喻的情歌

享受睡前朦朧的視線，拿下眼鏡
才看得清自己心中
藏著多少亟欲張裂的話語

那是彼此痛快的哀豔
用距離寫下的註腳：
「如果你是魚，我就是你的魚鱗
　被宰殺之前都是你的氧氣。」

和春天有約

★鄭哲宇

繫髮的手勢
表徵我們結草的約定
如初芽、如凋花
如朝露滴落，砸碎了黃昏後
於黑夜裡重生的輪迴
必須歷經的嚴酷
而我們只是練習等待
直到再寒冷一點
就能以彼此的隱喻
交換一組唇形
幻化蒼靈之風
傾訴我蛺蝶的身世
是時，我約春天約你
在那個推窗的午後，我們邂逅

無止盡地襲來

★鄭琮擇

夜色無止盡地襲來
街燈來不及點燃
行人無法閃躲
夕陽下的故事來不及開展
車燈突襲刺穿我
赤裸的情感千瘡百孔

光亮一陣陣爆破開來
虛構太陽的溫暖
試圖保護人類群聚的習慣
保護劇情發展
而我選擇開門讓孤獨進來
風沙，迅速瀰漫
無邊的思緒向窗外飄散

鐵軌無止盡地走來
我遁入夜色層遞深邃的隧道
舉起手上的光
射成一個驚嘆號，赫然聽到
淚水直直宣洩的靈感，以及
浪漫遍地灑落，濺濕的我一怔
月光無法察覺身體的洞
如同地球無法瞧見月球的永夜
列車無聲穿越我
所有情緒突然奔跑，躲光
黑暗再度無止盡蔓延開來
悲傷深深淺淺無止盡地襲來

貓

★隱地

在餐廳裡一個人吃午餐
一隻怕我寂寞的貓
不知從何角落
突然跳上對座的椅子

你要陪我　就該像淑女般端莊
怎可斜彎身子躺著

要坐直
請對我微笑

有如奇蹟　貓真的坐直了
亮著兩隻
綠寶石似的眼睛

朝著我
如此仁慈
露著微笑

冬日啜品「不用問」

——兼致蓓蓓

★蕭蕭

一朵雲＋一朵雲＋一朵雲＋一朵雲＋一朵雲
恰恰等於
天邊　一朵雲
絨毛初生

細雪紛紛飄
紛紛
欲醉而未醺
欲狂而未向膽邊萌
弦初調
琴音還在指間搜尋

搔　輕輕
微微　癢在皮膚三寸遠的空氣裡　漾

不問萎凋的茶青
不問剛剛點燃的線香
不問霧與嵐
不問唇與吻
不用問杯沿與山巔

蚵田人生

——致養蚵人

★賴文誠

你懂得一座海洋的溫馴
你潛入，你築巢
你養育一群返鄉的甜蚵
你放牧陽光與海風
犁開長浪，犁開柔軟的底泥
以雙足翻閱著
大海深藏的萬年語言

你學習魚類，呼吸著海洋
你產下卵生的愛
在蚵架上懸掛成串的渴望
你引導蚵苗們
在流動的海水裡過濾著浮游生物

如同時間在流動的歲月裡
過濾著你的年輕與蒼老

你流浪在潮間帶之中
沿著黑色的灣岸
撿拾著夕陽與晨曦
綿延繁殖的微光
你沉澱，成為伏流
穿越魚塭與潟湖
風災與海嘯
和海水交換著體溫
以汗水滋潤一片肌膚乾燥的沙灘

你有殼
你分泌堅硬的軀體
護衛那些依然柔軟的夢境
當滔滔的夜來臨
你終於沉睡為一座島

海洋擁抱著你
日夜聆聽你溫熱的鼻息

你耕耘著一片海
如同此時我洶湧的詩
潮來潮往的
耕耘著
我澄澈而汪洋的想像

一隻下午茶的貓

★戴翊峰

於是你走來，帶著
一道陽光
灑落在我的書上
漫不經心的背影濃縮成義式
黑如杯中一口晦澀難言的心事
而俐落的步伐是閃爍不及的
詩　轉眼掉落在街口
只留下一件不具名的青春
單純的曬在
行人驚呼的眼眸

穿著——香水

★霍育琥

我想你們不會明白
少女在瓶子裡仰望滿月
我們互相穿著對方
捧著嗅聞對方髮上的金色
唆使著心底的諸神
舉起瓶口，向著不規則的街角

號角的聲響正與氣味磨合
你能看見竄進鼻腔裡
適合舞宴的調性
除非有一天，衣衫的腐爛
被明示並不來自時間

代替雙腳走上絕路的
還是被堆疊在推車上的臥姿

據說她也習染了薄荷
縱使髮質觀察起來有點傷人
我還是為她保留黃昏
技藝能緩慢的憎恨太少
各種惡念都在她的肌膚上衰謝
她的細節，在若干時間後被發現

無論我們是誰的門徒
都無法朗誦自己
歲月自始至終都不會動容
髮根下隱匿的密証
在枯萎時必須乾淨明亮
讓我們透過瓶身灼熱著身體
穿著，那件外衣

未來考古學家們

★謝宛倩

我成為一縷風
使勁刮起沉默千年的塵土
在那之下埋藏著
被隔絕密封的文字骸骨
一筆一劃和一片部首
都被重新組合成歷史
情感將被深究
思想將被解剖
散落的日常篇章被謹慎地拼湊
我四處吹拂揭露
企圖使自己成為歷史被供奉

八十四歲的妳

——關於安妮・法蘭克

因為妳開始寫日記，因為妳而認識恐懼
妳動盪的文字繪出一種無法言明的鄉愁
使我錯覺我前世記憶的原生地
沉重書櫃藏匿著生命
我多次不捨仍想一探究竟
那些天花板及地板所傳達的聲響足以代表整個世界的崩塌
我想像著妳事後屏息並在吉蒂身上註記
讀著十三歲的妳
我不免臆測當時的未來的現在的妳
是否安好或早已溶進每篇日記裡

螢光背心

★離恨天

赤兔馬踩著遙遠的夢
一路走走停停
你沿途下馬練刀
左劈右砍往簍子裡一挑
所有流言與怨懟
都被你藏入歷史的口袋

你是摺疊思念與傷痛的風
吹落寒冬，拂去酷暑
也拭淨秋紅與春泥
你的衣襟只輕輕一撩
所有煩惱都從你的袖口剝離

你像手持法杖的高僧
螢光袈裟在微光中誦經
竹掃如法杖左右畫符
全世界的妖嬈
都被你收進輪迴的錦囊

當晨光搖醒惺忪的眼神
才發現你的螢光背心
把整條街都擦亮了

聶魯達與郵差

★魏振恩

你以為懂了，生命是朝陽，是微笑
是月亮，是你送我的一句
我想你
我以為懂了，生命是你送我的一句，把你一字一字
從海邊隨著浪潮退去
退去，退去
這是詩的真理，徹底在死裡愛著

三毛

不是我永恆的夕陽
卻如此朝生暮死，對你
我沒有答案
愛情會從夢裡走來
沒有答案
對我說一聲
我聽不懂的話語
朝生暮死

李泰祥

陽光與星把皺褶燙平
這條路上
高高低低不是濕潤的淚
盼望騎著野狼
切開風雨
一束長長的向日
南國方春

大夜
——「詩人」之五

★龔華

放任的黑裡
你不時划着殘破的槳
推開夢的的波浪
守着頭頂上那片汪洋

關上窗啊
不要讓天使們進來
紊亂的心跳也嫌太吵
你只想安靜地看

看那　搖盪的剪紙春花
是燈籠啊　你問

不再惺忪的瞳眸
露出一點光芒

重慶山城…重慶山城
飄洋過海的聖夜*
比家鄉最後提來的紅色窗花
還亮

註：《聖夜》，一九五六年出版，為父親在台灣以筆名「蜀雯」出版的第一本詩集。最後那夜，他指著封面書影的插圖背景說，那是「重慶山城」。

遠近三首

★嚴毅昇

夜車

月光在捲動的底片上靜止
我遺忘坑疤帶有票根
視窗的顯像沒有留影
過多誤點的夢，尚待重啟

雙載

踏越童貞，蹬入青春齒痕
同行的齒輪與胎的皺紋咬合
握緊漸淡的月光，無須照後鏡
關於下個巷道號誌燈亮與不亮
足下循環彼此，觀星直到永恆

近日

以為只有近日
暑夏的飛行都售空
旺季，有響不完的薄翼
當風的航道轉換了
跨國的床枕
溫度不再翻譯

藏式

★靈歌

驚天一式
是丟進火裡的琴棋書畫

琴

穿透的樂音如箭
雨下起氤氳劍氣
如煙嵐漫開
極速掄指的絲弦
漸漸收斂
時間是靜止的飛瀑
且慢慢逆流
我是趺坐磐石上
竹林葳蕤中一把啞口的古琴

棋

佈下的珍瓏
等一場曠古解局
荒野的行旅已成盤中的子
思索上一步的黑如何漂成下一步的白
陣式歪斜
召回一支奇兵，敞開城門
棄子　獻降　離座
轉身一抹洞澈的微笑
且頻頻頷首

書

橫豎撇點捺折
筆鋒吞吐高山大河
宣紙上劍氣縱橫

日出舞至日落
墨汁由濃轉淡，斷筆處處
收劍入鞘，盡掩鋒芒
狂草反璞歸真隸篆
一筆一畫自迷宮中參透

畫

孤松橫出斷崖
起手也是收手
松針飄落的山下蜿蜒
一叟一童前後慢行
身後荒煙蔓草如偃息的刀劍
前方一株桃紅，落英破落茅舍
一支風燭昏黃
閃滅著臨終手勢

海外詩選

——詩在天涯有知音

相忘江湖何需酒

★素峰（天津市）

御一葉舟來
迎風站立。那腳踏甲板的厚重
節拍，在月落的星湖蕩開成
攝魂的氣魄

是什麼人
聞聲，在久等的荒岸不寒而慄？
要把這一壺溫好的老酒飲盡
才可讓劍刃的冷光散去？

一隻翠鳥
輕輕掠過蘆葦，掀動起飄飛的髮
穿透了那夜的掌心

琵琶曲《十面埋伏》

★劉金忠（河南）

以密集的雨聲為先導
形成壓迫性前奏
落日的慘澹與悲哀
急促、嘈雜、紛亂的馬蹄
風，在金戈的鋒刃上吹響口哨
一聲高過一聲，緊繩一般
四面楚歌的合圍，勒住希望
巨大的陰影，如漫天烏鴉叫在頭頂
心的防線已土崩瓦解
一盤散沙的脆弱，危在旦夕
這一刻，眼中已草木皆兵
整個世界的重量壓向內心
恐懼、疲憊、焦慮，只差一根稻草

無數條蚯蚓在血管裡爬動
參照致命的一擊
絲弦裡，該有斑駁的輝煌
也該有一縷垓下的風，在指尖
吹動空去的江山，和一聲長歎
間歇的夾縫中，不可一世的霸王
將一腔熱血留給後人的眼淚

連袂山水

★王蕾（浙江）

他們連袂皴擦
兩種孤獨，在鐵質的枝條搖曳
如果風寂靜
雲就是流水的一部分
在芭蕉和梧桐的暗影下
他鋪棧道
他拾級而上
岩石肌理硌疼了他
他轉身……
顏色，在轉換中點染了半山
但綠意，還在他調色盤裡
陽光乍現
像驟然響起的鐘聲

把盞者

落日時分，把盞者劍指東籬
黃金菊被擊中
多麼璀璨呵！黃金
暖暖地，一直鋪展到內心

他虛擬出了天空。東籬
在劍尖上流轉，另一側是落日
時光漫漶，一眼能看到的距離越來越短
南山被挪移、塗改。他一低頭
天就全黑下來

劍走偏鋒，最後的鋒芒
引起了電閃

傳記的意志

——卡夫卡自述

★鄒倫剛（四川）

走夜路來的黑衣人
把爪子　從我變啞的喉頭
伸進體內，掏我變黑的肺
我撕心裂肺地慘叫
但沒有聲音
只有石頭聽見了

我堅硬黑色的肺
沒有人看見，只有烏鴉
在黑夜看見
我的烏鴉在白日打盹
你們不曾看見

牠在黑夜睜著眼
被黑夜看見

在黑暗的胸膛
我點起燈，但被風吹滅了
我撞開柵欄
突然奔出的黑色馬車
載著我衝進黑色的暴風雪

我咳嗽，吐出一大把
黑血的文字——咳出黑血
我已習慣了
我說：咳吧，咳吧

我正在城堡外的鄉村徘徊
一陣黑色的暴雪和迷霧
阻止我進入城堡
我正在籠子裡

饑餓　但我不說饑餓
我不在奧斯維辛
我就是　奧斯維辛

請不要剝開蠕動的甲蟲
找回我
黑在一點一點、殺死我
我渴望黑

青花瓷

★鄭安江（山東）

總感覺，這瓷器是月光凝鑄的
其中攀附纏繞四季的藤蘿
遊魚穿過千年窯火，游成
我們視野裡那尾簇新的遐思

還有愛情裡的蝴蝶
傳說中美麗的狐仙，以及
葉叢間斑斑駁駁的陰影
使我們古老的家園，因為唯一的光芒
變得再一次清晰與生動

這瓷器光潤得毫無瑕疵，使我們疑惑
它是月光做的

並且，跟隨日月一起
輕盈旋轉

今夜，零下一千年

★紀順（黑龍江）

雪已落，風未起
鐵寒侵骨。瘦削的菩提
聽說早修成無上正覺
散作無數寒香
在目、在耳、在心
入詩的雪溫柔地團圓
換風為骨，成冷的本身
讓終古每一行文字失去溫度

月慘白，白成雪的輪迴
今夕如舊，我們共對月鋩
俠客四起，有人在這樣的夜晚
飲刃。血流進深夜，流成墨梅

化溫度為時間
冷則短，溫則中，熱則長
讓熾烈或滾燙延展
將一觸凝凍溫暖成沙漏一瞬

夜窈窕，有時夢為蝴蝶
雪為蝶歟？有時凝為琥珀
誰在沉睡？夢成涅槃的鳳凰

歲末

★坦雅（美國）

時間說實話便癱瘓了
一場無歇止的睡眠
終點跨過去是另一個起點
隨意選讀一張餐桌，兩把提琴，三個抽屜

湯匙應該細長如爬蟲類的尾巴
麵包應該虛胖如發酵的迷宮
我們對生活的感知漸漸貧乏
瑣事可以反過來描繪人的思想

毀壞的弦留下空蕩的回音
滴淌的形體肅穆得彷彿神祇
我們寄生於昨日的輪廓
而在未竟的作品拉出破碎的旋律

靈魂的祕密包含身體的證據
隱藏深的必然顯赫耀眼
我們如此熱愛謊言像眷顧一隻著火的長頸鹿
被光陰書頁遺棄，因想像力而沸騰血液

繼續一種顛簸又希望的步伐
夢的殘渣伸出霧的筆法
曙光，豔陽，黃昏，黑夜
匆忙的色彩匯流此刻

＊此詩為二〇一二年冬參觀佛羅里達州聖彼得堡市「達利美術館」有感而作。

＊時間、睡眠、餐桌、提琴、抽屜、湯匙、麵包、著火的長頸鹿，都是達利作品中的元素。

在秦州與杜甫對話

★劉志宏（甘肅）

之一

車出灞橋，西行秦州，一塊古碑聳起的骨架，任千年的楊柳傾訴滄桑的情懷。

關隴驛道的夕照裡，一片鋒芒閃爍的詩意，磨擦著亙古未遇的傷痛，讓詩聖烈烈獨行的傳奇，鈣化一個民族的氣節，唱響撼天動地的霹靂一吼。

關中、古道、秦川，灑一路悲壯的印記；旌旗、鼙鼓、狼煙，書萬古史詩的扉頁！

血火中淬煉的錚錚鐵骨，一曲長虹貫日自馬蹄揚起；最後的一腔激憤，面對安史之亂慷慨而歌。詩歸秦州的子美，踏著回眸長安的一絲留戀，在隴上秋風塞滿的寂寞裡，讓側身遠望手捋鬍鬚的身影，沉鬱為歲月的箴言……。

之二

歷史的雙眸裡，胡笳的悲涼，牽引著孤獨的馬車，沿著絲綢古道西行。夕陽，放逐人世間的沉浮，蘸著愁容清瘦的高潔，羽化詩聖倔強的鬍鬚。

徜徉於一捧清露，嚼千行靈感，讓一串串熱淚，砸向民生的艱辛，穿透唐宋元明清的時空，至今在神州轟鳴不絕。

輕輕幾筆，唐朝的群鳥，便在蒼茫的時間中靈動成千古麗句。讓我們仰讀歲月的履痕，為秋風所破的氣韻，是如何鈣化了歷史的頭骨，是如何燦爛民族的情結！

用詩歌作為生命的給養，一種壯烈，揮之不去的憂憤從堅毅的目光中透出，煆燒世人的靈魂。輕輕的歌吟裡，一個瘦小的偉人，在線裝的秦州音韻鏗鏘，與我們深情對視……。

行走，在大戈壁

★夢陽（北京）

那隻蒼鷹
平展著翅膀
把天空托舉得越來越高

一株乾枯的胡楊　釘住了整片戈壁
行路的螞蟻悄無聲息
半截斷垣　恍如失了馬匹的騎士
茫然地面對著大戈壁

被西風吹瘦的溪流　無言地流向夕陽
背後一片空寂
一角僧衣自沙丘後驀地冒出
整個戈壁
瞬間開始擁擠

一枚琥珀

★李朝暉（青海）

時光凝脂，魂靈找到最後歸宿
醉意在陽光下散漫
如影相隨的記憶沉默寡言，歸於來路
撞飛一場浩劫後的疼痛

單調在喧囂裡返青
孤獨成為另一個時空的風景
羽化成蝶，走進供奉，復活一段過往

在今夜無眠的夜色裡
看歲月荏苒

愛至荼蘼

★琪軒（吉林）

五月的顏色，就像一個人的記憶
在一匹綢緞上失敗的刺繡
雨，下成各色污點
蝶，飛進光滑的泥潭

五米，十米。一條路，就是一根繩索
捆住流水和月光，以及
沿途的風景

在一座即將塌陷的花園
在薄薄的寂寞中
一朵花，開到走投無路

薔薇辭

你繞過一場雪，繞道而來的
還有一束被流放的光
馬達和車轍，以及一些陷落在
傳說裡的祕密

霧氣，躲在樹林後面
有一條蛇，盤紮在柵欄上
吐出雲一樣的舌頭

炙烤，或者煎熬
細密的波紋，多種顏色的火焰
小小的入侵者

溫存是有尖刺的。而你的笑容
讓心裡的芥蒂，眨眼間
喪失所有領土

秦俑

★黄先清（重慶）

（一）

用千年時光拉一張弓
始終只能拉成虧缺的半圓

老想射月，射秦時月
射憂傷舊詩中一隻流淚的眼
銅鏃卻不願告別半闕秦歌
氧化在陶質的短靴邊

（二）

若能拾一朵蹄下夕陽，斜插鶡冠
我便是虎視萬里的將軍嗎

如今，儘管陶質魚鱗甲
無法抵擋一片淒冷雪花的擊打
但王劍在手，仍可剔除江山蛆瘡

敗走的小篆血灑我前世雙重短褐
殘餘千年的大風吹折筆劃的枯骨
擰成疙瘩的眉肌在燒製成陶像之前
大火，已蔓延過每座空城的馬嘶和蟲鳴

（三）

匠師的細指揉活一團歷史沉泥
揉出束髮，厚唇，笑紋和靈魂
我們是寸許掌心復活的八尺甲士
持鈹長嘯，以歌當哭

而坑穴之外，黃河早伏在秦晉瘦削肩胛
哭出一道曲折萬里的淚堤

聽一場曠世音樂會

★李世君（江蘇）

雨的瀟灑是風的誘惑
以輕盈的姿態
等待時間的過程
咳出一聲哽在喉結的嘶喊

有時候很殘酷
宣洩如江河洪水狂奔
有時候很平緩
如夏夜靜寂裏的蟄吟

患了癲痫症的掌聲
此起彼伏，波濤洶湧

被洩露的天機攙扶著
掛在懸崖上等待日子圓潤，豐滿

扶著雙拐，音鍵
磕磕絆絆叮咚著這場音樂會的開始和結束
五千年
在一霎間顯示路上的疾患
又突然，休止於一聲雷鳴
繼續，是人類的延續……

此刻
教堂的鐘聲，以婉約之態
從波濤中緩緩升騰

蘆葦

★李恩維（山東）

寒冷像一隻隻飢餓的白蟻
死命地啃噬著白晝

河岸，蘆葦的傷口劇痛
呻吟淒厲，臉色蒼白
風在磨牙。大雪漫捲而來
掀開了村莊的前世
洶湧的勢頭無可阻擋。那些白
迅速掩蓋了河岸裸露的骨頭

迷濛中，每一朵蘆花
都是我們的母親，白髮與雪惺惺相惜
孱弱身體站在歲月的深處

乾淨的塵土

★舟自横（黑龍江）

劃著火柴，它們就能燃燒；身在沙漠，它們就能讓我劃動雙槳乘風破浪。

但你們看不見這樣的塵土。它們隱匿，躲閃，像隻小獸，像太陽的黑斑。

它們以血液置換大水，流過蘆葦的頭頂，閃爍著群鳥的藍光。它們搖曳如花，或者像老去的楊樹繼續穩住大地。它們化作炊煙，撫摸路人的心口。

它們目光清澈而祥和，看見青銅的速朽，看見秋葉落入永恆的掌心，看見走失的孩子流下的淚水滴穿石頭。

它們是我的源頭和祖先，是我的頌詞和最後的輓歌。它們與親人的姓氏合二為一，端坐在白雲之上。

彌散為塵，聚攏為王。它們必將現身，必將垂落，必將覆蓋身後的遠方。

碑上的月光

★北城（內蒙古）

一塊石碑，斜倚在風中
周身斑駁的歲月裡
風雨，從未停歇

碑文，穿越時光
把一生刻進幾枚稀疏的文字
曠野茫茫，一片樹蔭正濃

一隻鷹，站在碑上
咽下悠長的等待，月下
一個故事，向遠方張望

歷史，在河裡沉澱
一行模糊的詞句，浮出一些殘存的情節
等你修復一個即將淪陷的真相

風，吹拂著久望的目光
一滴淚，正在落下

誘

★寇寶昌（哈爾濱）

那條黑色絲襪
像一條透明的蛇
盤亙在心裡
整個春天
他的身體都在漲潮

魔力

她在跳舞
纖細的手指
像從花萼中伸出的雌蕊

散播著花粉
這個夜晚著了魔
星河旋轉　暗雲流動
天空開始漲潮
觀眾都漂浮在水上

沉默

我總要給塵世一些留白
一些出土前的想像
就像這個夏天，骨骼亢奮
釉彩在喧嘩中剝落
看著那盤靜弈的棋局
我準備收緊領口
以冬眠的姿勢蒸發焰火

並尋找西風的影子
給笑聲陪葬

眉（外一首）

★語凡（新加坡）

一雙平行的飛雁
守護他深藍的湖光
比翼迎風
鼓動年少的飛揚

畫筆不能定格時光
卻牽扯出頂上的風霜
陪他看遍人間
他用心鎖上
不讓一個愁字落下

耳朵

一邊高矗酒旗
一邊橫掛招牌
這個城市吹著古典
和現代的風

風說著道聽來的故事
故事被酒旗和招牌
各自撕走一半

流言總是隨風招搖
他們總是
各自堅持一個方向

我是鎖裡最後一匹靈獸

★胭脂小馬（陝西）

一把鎖
以天長地久的姿態棲居在冬天
鎖住一座山和一座山
生靈塗炭般困住心中的獸
那些麥地，那些花朵，那些種子
有千萬分的不安，等著去安放
縫隙間，有玲瓏的骨節生長

在鎖裡，我坐著
陪一隻還能飛翔的麻雀
打坐、參禪
念一段往生的經，封住密不透風的孤獨
說一些別人聽不懂的咒文

一行一行把自己打開
用舊的光線　縫補憂傷
在心上種植一株牡丹
除了牡丹，可以偷走我柔軟的腰肢
除了你，可以帶我走

當全部的柔軟被喚醒
當萬物屏住了呼吸
當七個星子奔跑著
把蒼穹踩到雲腳時
帶我走吧，我是鎖裡最後一匹靈獸

小酒館

★王國良（黑龍江）

故鄉的小酒館
我的內陸
隱藏在松針的光芒裏
禪坐

斟滿九寨藍
與一座和詩有緣的山
隔窗對飲

熟悉的鄉音
已被雁陣馱走
留下的空寂
正在曠野呼吸

黃昏的小村
打發幾聲犬吠
拉下嵌滿鉆石的夜幕

零點過後，諾敏河畔
漁火把夜色吹白
藏在時光裏的畫面
若隱若現

樓上

★高亞斌（甘肅）

站在樓上，看
一片老樹努力在撐起風景
深冬，姿態顯然是多餘的
在風的虛張聲勢裡
萬物緘默，一些人
埋頭從低垂的樹身下走過

沒有山外的山，只見樓外樓
豎起，如繁華過後
世外的老僧豎起蓮花手
公路被遺棄在人們的視野
一條條死而不僵的百足之蟲
笨拙的車輛蟻聚其上
啃齧

午後姍姍到來，美女遲遲不至
站在樓上，聽混沌的市聲
從城市衰老的肺部發出重濁之音
多麼蒼涼的時分，陽光
從樓層後面詭異地露出
一張偷情者的臉
那麼猥瑣和不貞

事物如此眾多，卻充塞著荒涼
我能感受上帝的無奈
他拉開一張空曠的天幕
覆蓋大地的肉身

古祠

★遠島（浙江）

放得下一段沉重的往事
卻放不下一顆心
鏽意縱橫的大鐵鐘
敲打出無邊的寂靜
門縫太寬
時間太瘦

兩隻年輕的燕子
在古老的傳說上築巢
無意間飛進了歷史
在雛燕細嫩的叫聲中
一尊尊鍍金的雕像
紛紛走下了神壇

陳列的懷錶早已停止了走動
但也有對的時間
從輝煌到落魄
只是一段心的距離
一片葉子的疼痛
有時超過了一棵大樹
在喧嘩與騷動中
看到了一種平靜

許多遠古的聲音
錄在今天的蜘蛛網上
蛛網糾纏著一個年代
把歷史結成了現實

寫意唐詩

★阿土（江蘇）

此地別燕丹，壯士髮衝冠；
昔時人已沒，今日水猶寒。
——易水送別（唐‧駱賓王）

所有的路都暗了
你還站在最初的渡口
任由時間結成了冰
任由飛鳥變成了石頭
散落著月光的河床上
一聲長歎的餘韻
迴響著無歸的悲壯
而你無淚，只是
輕輕地揮了揮雪白的衣襟

剝落

★王亮庭（江蘇）

時光如蛇
我是時光的皮
雖然只有薄薄的一層
卻包裹著宇宙

閃爍的魚鱗
照亮過夜空，捋順
過河流。彎曲地
行走，像一枚書頁
被磕碰得翹起來

每一天都是岸
一天，一刀
割到藕斷絲連

天空短詩

——向辛波絲卡致敬

★陳偉哲（馬來西亞）

我的特徵是／狂喜與絕望。

——〈天空〉

晨醒於詩行低窪處
我早已知道
頭顱是頂著天空行走的
驚動穿身的飛機的恭維
一如走進腳底巨影
走進灰眼
走進了白布
躺在光芒熾熱的聲帶
低音放聲

火焰
——給O

夜的底線
神話正燃燒
火焰充沛分娩
吐出一群
神祕的螢火蟲
把光申冤到
距離破曉
還未解凍的他鄉

中秋月

★何敦成（湖北）

還是詩經裏的那輪明月
照過了秦漢　審視完唐宋
而後就有了這千年的孤獨

一日日瘦損又一圈圈豐盈
等待著一個知音的人
來一讀清輝裏的惶恐

語言凝結成花香傳遞
心路恰似棧道升起
笑問：今夜可有蓮蓬

桂子颯爽熟落
似是墨香濃鬱的新句
浮動在清涼水晶的瓊樓

一個人的旅行

★肖辛（河北）

打開三月的行囊，取出春風二兩，月光三錢
還有昔日的一些散片
把愛放進去，再把思念輕輕閣上

一朵雲，一場煙花，一個背影，一闋詞牌名
沉積在時光一角，試圖走遍青山綠水

月光一低再低，在一朵花的蕊中尋找答案
歸去來兮

一株望斷天涯的斷草

★周天紅（四川）

雪鋪滿山崗
一株草伸出殘碎的影子
望向遠方
陽光與雪正進行著一場較量
冷順流而下
兩滴水濕透草的衣裳

雁兒往南還是往北
像一粒雪徘徊山梁
風動樹搖
一羽劃破村莊
寒流披著鴉的翅膀
冷凝了夜

那片屋瓦下的淒涼
那些瘋長的寂寞
一株草無從抵抗
一聲雁語失落道旁
曾經行走的酒客
只刻在青石古橋上

一株草望斷雪花
天涯彼岸
離人沽酒
獨聽一縷陽光講訴
那些無法溶解的
一個人與夜的傷

馬背上的江湖

★夢淺如煙（四川）

夕陽，在馬背上指點江山
青銅劍殺出一條血路
十萬鐵蹄揚起塵土
從劍門一直騰飛到北國
我不做如煙的女子
假如，一朵桃花掙脫不了流水的宿命
那麼，你一定要含笑對我
看劍尖滴落的淚，草叢燃燒的泥土
被斬斷匍匐的筋骨

或許，我就在你懷裏飛
做你的衣衫，襟帶，眉間痣
或掌心蝶
像水纏繞著山，嵌進你的肋骨
任長河落日堆滿斜陽坡

任你，一直抱著我
此時，跨過西河
我就是你的月光了
夜色，褪下一襲長袍
你看著我
馬蹄聲慢下來，時間慢下來
煙火也越來越遠

我們不說劍，不說烽火
不談江山淪陷與繁華
你不是霸王，我不是虞姬
我們就地安營紮寨
我們要在時間的經緯上耕種籬笆，茅草屋
用夜色，晨露，軟語，養活自己和桃花
那次第漸開的紅啊
像馬背上的江湖，灑下血
染紅山坡

我的標點符號

★姜華（陝西）

在十歲以前　我身後是省略號
頭上綴滿了長輩饋贈的花環
今生要走的路不知有多遠　多長
二十歲時　我身後全是書名號
我每天種地一樣　在那些書裡刨挖
尋找神祕的礦脈

三十歲後　身後是長長的破折號
我像一位縴夫　或一隻負重上坡的螞蟻
被宿命捆在十字架上
四十歲　我前後都是問號
沉重的大幕拉開　有十萬道難題
等待我去解讀

五十歲時　感嘆號在身後追著我跑
一棵飽受風雨摧殘的樹
還剩幾片葉子　在枝頭等待零落
也許還會有六十　或者七十歲
甚至是一個灑有淚水　木質的骨灰盒
只是現在想這些有點奢侈

我的標點符號單調　枯燥　無味
羞於示人　今天　我翻遍所有口袋
句號哪裡去了？

＊省略號，即刪節號……。

寒舍，有詩聖駕臨

★蔡曉舟（江蘇）

（題記：途經浙大書店偶見一尊杜甫瓷像，特請回寒舍有感而作。）

一襲青衣唐衫，依舊是雨中騎驢
從安史之亂的劍影中脫身而來
涉過湘山楚水
一聲謦欬，一路吟詠
從此，國恨家仇
就是捋著一把鬍子唱出的離愁

這個棲身南湖江閣的人
這個曾說過安得廣廈千萬間的人
這個詠燕、詠己，詠得

滿紙皆淚的人
此刻，正端坐在四面楚水之邊
腋下那把油紙傘
已收攏了和李龜年相逢的怡悅
只有肩上的包袱，才釋放完碎銀
又裝上流浪的詩魂和勞累

是的，他已很累
千年前的月亮也累了
沉進了從此沒有詩聖的黑暗
千年後魂魄未散的他還累
現在，他正以一副古瓷的扮相
落泊在一家書店的展架上
依然那樣清貧
需要有人贍養和認領

兩地家書

★曲陵（馬來西亞）

之一：賢婿如晤

賢婿如晤：
後山泥崩
衝破土牆無錢修理致屋傾漏
村支書 怒斥通郵海外反動
未允汝內弟從軍。
唐山信 似夢
迂迴陡轉 鄉間路
千里迢迢下南洋
劣紙，粗墨
報家鄉消息。

青煙嫋嫋
一盞枯油燈
自製舊竹煙筒
獨伴父親孤影
荒郊陋屋　破柴扉
不識字的母親
用兒子的口吻　問：
外公怎麼說？
無語
浸染一室沉默
夜雨　掩不住
隱隱傳來
夜半深山猿啼。

之二：父親大人膝下

父親大人膝下：
久未修書致問　未知家中近況如何？

兒離家經年　尚安好
勿念。
唯未能侍奉朝夕　更累雙親
暮年操勞農務　供外修讀
愧甚。
年終期考將至
十載寒窗　兩代期許
成敗在此一擊
尚祈。

武侯臺

★許文舟（雲南）

戰馬嘶鳴，山谷已生鏽。好在還有青草，不讓一段傳說赤身裸體。接著是一場野火，比戰爭洶湧；接著是一些無所事事的濃霧，常常帶著鳥語，在山上漫步。石頭其實是高妙的琴師，讓一條清溪，說出千年的祕密。據說，小團山上的茶葉，點了諸葛孔明的聖水，一年四季，都有新芽，趕赴盛宴。窩節河流得三心二意，劍與箭，在肥沃的岸邊，長出雷電與風吼。血寫的戰報，專門有一頁，書寫想家的事情。大風，逼著已經入睡的沙礫沖衝殺殺，累了的士兵，睡著就成為石頭。水洞石，有溪水在流淌，將軍提劍上山，怪石四處逃躥。清泉僅僅流淌到了民國年間，就沒有下文。石頭，赤膊上陣。那是精心設的局。跑馬道，只有肆虐的風。

菊花辭

★池新可（廣東）

秋風起。日漸消瘦的時光
遙遠的愛情和往事
慢慢地變涼。單薄的身體
抵不住清晨的一聲雁鳴
穿心而過。戰慄
風把夢一點一點吹白
生命的縫隙。漏下淚光

空蕩而寂寥的曠野
一匹馬在湖邊小步奔跑
踏碎上下浮動的霞暉
枝頭露水滴落。綻放的
只有鴉巢和透明的寒意
蠶食著枯瘦的日子

燦爛的菊花，漸漸黃了
沖淡了季節的蒼白與單調
我們走上山坡，採下一朵
寧靜而淡然。給索居的
身體和靈魂生火取暖
用月光清洗傷口，一遍又一遍

遙寄洛夫

★李晃（湖南）

你不就是台北那一塊
會釀酒的石頭麼
為何坐在我的右側
遂溢了一地鄉愁

你曾詩寄長沙李元洛
昨日來深圳會我
失調的湘音一朵接一朵
開遍眾荷喧嘩的靈河

穿過石室之死亡後
你這條源自衡陽的無岸之河
如今流往溫哥華

那裡的雪
下得是否比湖南大雪還大

我坐在麗湖花園麗富閣
隔著太平洋這張藍色方桌
架起唐詩中那只焚著一把雪的
紅泥小火爐給你溫酒

伸手從天空的口袋裡
掏出那只李白用過千百次的
月光杯，乾，則彼此
讓時間的拳頭創成嚴重內傷

遂裸奔成一雙左邊還是早晨
右邊已是黃昏的鞋子
然後「嘩」的一聲
嘔吐出一桌魔歌

魯迅

★姚陽輝（陝西）

一代大俠
能千里之外取敵將首級
不用刀槍，你
用筆投擲敵人的心臟
燃燒的煙捲
未乾的墨跡
每一筆都散發著血腥味
夜幕降臨
復活的幽靈從四面八方圍過來
你淡定地把身子像刺蝟一樣蜷起來
豎立的頭髮、眉毛、鬍鬚如一枚枚鋼針
專刺擠進門縫的影子

女巫，女巫

★費城（廣西）

閉上眼睛，妳就來了
腰纏蔓草，噠噠的舞步如同女巫
我的城門深鎖，盤桓之壁壘形同古墓
妳招搖的指頭敲碎了夜的窗戶
火光通明呵，一把火燒光的天堂
閉上嘴唇，妳就開始說話
在我的耳畔吹氣如蘭，播種鳥鳴，像座森林
我是傳說中沉睡的王
雙目如星斗，唇壁雕刻繁霜
鬼神出沒的夜晚，妳——
開始用月光的刃，割我殘損的頭顱
寒夜凝結的星辰原是如此淒涼

以詩封存
——致永遠的青春

★Deines 丹娜（法國）

在季節的變化與思想的長度之間
埋起一枚藍色種子
標記，陽光下的剪影
霧色的春日卻開出一朵白玫瑰
在雨季表示抗議之前
帶著記憶的票根
踩著時光探險

收集流浪者的微笑
用各種顏色封裝
釀製，比夢還長的夏日啤酒
與海潮及月亮的盈虧對飲

迷路的星光紛紛跳落
在沙灘化做待產的微光
分娩逐漸老去的歲月

口袋那枚凋萎的花瓣
發酵出檸檬味的幸福感
於是，泛紅的楓葉不停追問
映在山巒間熟成的白雪
如何繁殖一株春天的新芽

書寫下一粒沙塵的祕密
每一次迴圈
以詩封存
致永遠的青春

時光，是首憂傷的詩

★樊德林（河南）

我愛過的那些藍，比如天空
比如海洋，比如你眼睛裡的光芒
它們隨著鴻雁一再遷徙
蝴蝶拐走了記憶裡的蜜
和一個寄往春天的地址

唐詩的月光太幽，宋詞的
秋風太涼。我沿著平仄的韻腳
揹負孤獨的風，寂寥的雨
迷失在冗繁的人間萬象

策馬西風。那是少年的快意江湖
安之若素。那是中年的冷暖自知

如何抵達那顆最真的初心
我以夢為馬，詩酒趁年華

不需要虛構清風亭，十里送
一闕離詞，兩行別淚
時光，只是一首憂傷的詩
在經年的燈火外，獨影闌珊

鑽透時空的冰

★狼孩（北京）

我從天漠逃出
我從地獄掙脫
我把錶針堅守的時空打爛
拚命鑽出土地
猛一抬頭
迎面撞上了雪山
而堅硬的冰
死死封住現實的退路

舉著詩的太陽
我把詞語的柴架在山上
用愛情的火
點燃天堂的火盆
風清清地吹

水嘩嘩地流
路到無序的時空
怎麼也找不到進入的途徑

雪從夢裡抬頭
拚命傳揚我的聲音
我如風的詩句
拚命鼓動著雪
把詩韻寫滿大地
塗滿碧藍的天空
春的雪舞
是我唯一的詩稿
押著我的韻
像一粒飛翔的種子
拚命鑽透時空的冰

讀石記
——一匹神駿破壁而去

★郝文昌（陝西）

怯怯地走近你
我感覺到你胸腹間
微微的顫動
灼熱的呼吸

不敢碰觸那一塊塊
隆起的肌腱
唯恐你長嘶一聲
破壁而出
獵獵長鬃展成一面飄飛的旗
踏過板橋的濃霜
疾馳而去

編後記

★莫云

早在籌編這本選集之前，就已預知「工程浩大」；也因多面向的考量，知道無論怎麼編選，都不可能周全。六年廿四集的《海星詩刊》（二〇一一～二〇一七），匯聚了海內外數百位作者的兩三千首現代詩，原本就是經過篩選的佳作；老將新銳，各擅勝場。（限於篇幅卻經常灌爆電子信箱的海外詩作，更是百裡挑一。）這滿天詩海星光，熠熠閃耀的，盡是詩與心靈對話的密碼；一眼望去，豈只是天河撩亂？真要把每一集的好詩盡數挑出，只怕付梓後比磚頭還厚。

既是箭在弦上，還是本著「優質而多元化」的原則，從廿四集一本一本往回「倒帶」。無論謀面與否，那一個個熟稔親切的名字，一首又一首鮮活靈動的詩句，宛如一路燦放的上林繁花，隨著翻開的書頁，再次拂掠心眼，也觸發了一次再一次的怦然感動。

黑格爾說：「最傑出的藝術本領就是想像。」詩，更是以最精練的文字，形塑了最微妙的意象，創造出不設防的想像空間。這些來自不同世代、不同地域的詩作，又豈止「興觀群怨」可以概括？而是鳶飛魚躍、天空海闊，任由想像的翅膀穿越時空、神遊太虛；卻又極其踏實地著眼生活，細膩地盡寫人生百態。無論題材風格、意象筆法，皆已突破各家主義流派的樊籬；文字的流轉多變，更猶如水之隨物賦形，處處可見詩人獨到不羈的奇思妙想，教人拍案歎絕。而詩與詩的交會，彷若百川流匯，時而噴珠濺玉、時而澎湃磅礴；亦如他山之石，頻頻擦撞出靈感迸放的花火。

好詩，永不寂寞——其餘的，就留給讀者和時間解讀。

PG1884　秀詩人16

詩海星光
——海星詩刊選集

主　　編 / 莫　云
責任編輯 / 盧羿珊、辛秉學
圖文排版 / 莊皓云
封面設計 / 葉力安

發 行 人 / 宋政坤
法律顧問 / 毛國樑　律師
出版發行 / 秀威資訊科技股份有限公司
114台北市內湖區瑞光路76巷65號1樓
電話：+886-2-2796-3638　傳真：+886-2-2796-1377
http://www.showwe.com.tw
劃撥帳號 / 19563868　戶名：秀威資訊科技股份有限公司
讀者服務信箱：service@showwe.com.tw
展售門市 / 國家書店（松江門市）
104台北市中山區松江路209號1樓
電話：+886-2-2518-0207　傳真：+886-2-2518-0778
網路訂購 / 秀威網路書店：http://www.bodbooks.com.tw
國家網路書店：http://www.govbooks.com.tw

2017年10月　BOD一版
定價：430元

國家圖書館出版品預行編目

詩海星光：海星詩刊選集 / 莫云主編. -- 一版.
-- 臺北市：秀威資訊科技, 2017.10
面； 公分. -- (秀詩人；16)
BOD版
ISBN 978-986-326-466-8(平裝)

831.86 106015407

讀者回函卡

感謝您購買本書，為提升服務品質，請填妥以下資料，將讀者回函卡直接寄回或傳真本公司，收到您的寶貴意見後，我們會收藏記錄及檢討，謝謝！

如您需要了解本公司最新出版書目、購書優惠或企劃活動，歡迎您上網查詢或下載相關資料：http:// www.showwe.com.tw

您購買的書名：________________________________

出生日期：________年________月________日

學歷：□高中（含）以下　□大專　□研究所（含）以上

職業：□製造業　□金融業　□資訊業　□軍警　□傳播業　□自由業

□服務業　□公務員　□教職　□學生　□家管　□其它____

購書地點：□網路書店　□實體書店　□書展　□郵購　□贈閱　□其他

您從何得知本書的消息？

□網路書店　□實體書店　□網路搜尋　□電子報　□書訊　□雜誌

□傳播媒體　□親友推薦　□網站推薦　□部落格　□其他________

您對本書的評價：（請填代號　1.非常滿意　2.滿意　3.尚可　4.再改進）

封面設計____　版面編排____　內容____　文／譯筆____　價格____

讀完書後您覺得：

□很有收穫　□有收穫　□收穫不多　□沒收穫

對我們的建議：________________________________

____

____

____

請貼
郵票

11466
台北市内湖區瑞光路 76 巷 65 號 1 樓

秀威資訊科技股份有限公司 收

BOD 數位出版事業部

....

（請沿線對折寄回，謝謝！）

姓　　名：＿＿＿＿＿＿＿＿　年齡：＿＿＿＿　性別：□女　□男

郵遞區號：□□□□□

地　　址：＿＿＿＿＿＿＿＿＿＿＿＿＿＿＿＿＿＿＿＿

聯絡電話：(日)＿＿＿＿＿＿＿＿＿＿ (夜)＿＿＿＿＿＿＿＿＿＿

E-mail：＿＿＿＿＿＿＿＿＿＿＿＿＿＿＿＿＿＿＿＿